Karibische Affaire

W0360338

Jubiläums-Edition

AGATHA CHRISTIE

Karibische Affaire

Jubiläums-Edition

Scherz
Bern – München – Wien

Einmalige Jubiläums-Ausgabe 1993
Einzig berechtigte Übertragung aus dem Englischen
von Willy Thaler
Titel des Originals: »A Caribbean Mystery«

1

»Betrachten wir nur einmal die Ereignisse in Kenia«, sagte Major Palgrave. »Jeder, der nie dort gewesen ist, redet darüber. Aber *ich war* dort! Vierzehn Jahre lang! Noch dazu die besten Jahre meines Lebens . . .«
Die alte Miss Marple nickte höflich und hing ihren eigenen Gedanken nach, während Major Palgrave mit seinen recht farblosen Lebenserinnerungen fortfuhr. Sie kannte derlei Erzählungen nur zu gut. Was wechselte, war lediglich der Schauplatz. Früher war es hauptsächlich Indien gewesen, mit Majoren, Obersten, Generalleutnants – und einer vertrauten Reihe von Wörtern wie: Simla, Träger, Tiger, Chota Hazri, Tiffin, Khitmagars und so weiter. Bei Major Palgrave differierten die Ausdrücke ein wenig: Safari, Kikuyu, Elefanten, Swahili. Aber das Schema blieb im wesentlichen gleich: ein älterer Herr brauchte einen Zuhörer, um noch einmal seine glücklicheren Tage zu durchleben, jene Tage, in denen sein Rücken noch straff, seine Augen und sein Gehör noch scharf gewesen waren. Manche dieser Erzähler sahen noch recht gut aus, waren stramme, soldatische Burschen, aber es gab auch welche, die recht betrüblich wirkten; und Major Palgrave mit seinem Purpurgesicht, seinem Glasauge und dem Äußeren eines ausgestopften Frosches gehörte zur zweiten Kategorie.
Zu ihnen allen war Miss Marple stets von gleichbleibender freundlicher Güte gewesen. Sie hatte aufmerksam dagesessen und von Zeit zu Zeit zustimmend genickt, während sie ihren eigenen Gedanken nachgegangen war und sich am jeweils Erfreulichen erfreut hatte. Und das war in diesem Fall das Karibische Meer.
Wirklich freundlich von dem netten Raymond, dachte sie dankbar. Ja, wirklich ausgesprochen freundlich . . . Dabei wußte sie gar nicht, weshalb er sich so sehr um seine alte Tante kümmerte. War es Verantwortung, war es Familiengefühl? Oder hatte er sie tatsächlich gern?

Alles in allem schien er sie wirklich gern zu haben, schon seit eh und je, wenn auch auf eine ärgerliche, ein wenig geringschätzige Art: stets wollte er sie auf dem laufenden halten, sandte ihr Bücher, moderne Romane, schwierige Lektüre über unerfreuliche Leute, die so merkwürdige Dinge taten, ohne daran Vergnügen zu finden. »Sex« – dieses Wort war in Miss Marples Jugend nicht oft erwähnt worden; aber gegeben hatte es eine Menge davon! Zwar sprach man nicht so viel darüber – aber man fand bedeutend mehr Gefallen daran als heutzutage. Zumindest kam es ihr so vor. Und obwohl Sex als Sünde gegolten hatte, meinte sie doch, es sei damals eine schönere Sache gewesen als das, wozu man heutzutage verpflichtet zu sein schien.

Ihr Blick verweilte für einen Moment auf dem in ihrem Schoß aufgeschlagenen Buch. Bis Seite 23 war sie gekommen, dann hatte sie die Lust daran verloren. Sie las:

»›Soll das heißen, Sie hätten überhaupt keine sexuellen Erfahrungen?‹ fragte der junge Mann ungläubig. ›Mit neunzehn? Aber das *müssen* Sie doch! Das ist lebenswichtig!‹

Das Mädchen ließ unglücklich den Kopf hängen, so daß das glatte fettglänzende Haar ihr übers Gesicht fiel.

›Ich weiß‹, murmelte sie, ›ich weiß.‹

Er betrachtete sie, sah den fleckigen alten Pullover, die nackten Füße, die schmutzigen Fußnägel, atmete den ranzigen Fettgeruch – und fragte sich, weshalb er so verrückt nach ihr gewesen war.«

Und Miss Marple fragte sich mit ihm. Was sollte man dazu sagen! Sexuelle Erfahrungen aufgenötigt zu bekommen wie ein Eisenpräparat! Arme junge Dinger ...

»Beste Tante Jane, warum immer Vogel Strauß spielen? Warum vergräbst du dich so in dein idyllisches Landleben? Was zählt, ist ja doch nur das *wirkliche* Leben!«

Soweit Raymond. Und seine Tante Jane war ordentlich beschämt gewesen und hatte ihm zugestimmt, um nur ja nicht für altmodisch gehalten zu werden.

Dabei war das Landleben alles andere als idyllisch! Leute wie Raymond hatten ja keine Ahnung von dem, was Jane Marple kannte, ohne erst viel davon zu reden oder gar noch darüber zu *schreiben!* Da gab es sexuelle Beziehungen noch und noch, natürliche und widernatürliche. Da gab es Notzucht, Blutschande, Perversion jeder Art, Dinge, von denen die neunmalklugen bücherschreibenden Oxfordherrchen nicht einmal gehört zu haben schienen!

Wieder auf den Antillen, nahm Miss Marple den dürftigen Faden aus Major Palgraves Erzählungen erneut auf.

»Ein ungewöhnliches Erlebnis«, sagte sie ermunternd. »Und interessant ...«

»Ach, da könnte ich Ihnen noch ganz andere Dinge erzählen! Aber manches schickt sich natürlich nicht für die Ohren einer Dame ...«

Mit der Routine langer Übung schlug Miss Marple die Augen nieder und dachte wieder an ihren liebevollen Neffen, während Major Palgrave seine von allen Anstößigkeiten gereinigte Version gewisser Stammesgewohnheiten fortsetzte.

Raymond West war ein erfolgreicher Romanautor mit bedeutendem Einkommen. Er tat, was er konnte, um seiner alten Tante das Leben zu erleichtern. Vergangenen Winter, nach einer bösen Lungenentzündung, hatte der Arzt ihr viel Sonne verordnet, und Raymond, freigiebig wie ein Lord, hatte Westindien vorgeschlagen. Zwar hatte Miss Marple Bedenken geäußert hinsichtlich der Kosten, der Entfernung und der beschwerlichen Reise, auch würde ihr Haus in St. Mary Mead leerstehen müssen – aber Raymond hatte alles erledigt: Ein Freund, der an einem Buch schreibe, suche ein ruhiges Landhaus, er werde es aufs beste betreuen. »Er ist sehr stolz auf seine häuslichen Fähigkeiten. Ein komischer Kauz – ich meine ...«

Er hatte eine Pause gemacht, ein wenig verlegen – aber sicherlich hatte sogar die gute alte Tante Jane schon von solchen komischen Käuzen gehört.

Hernach hatte er sich um alles weitere gekümmert. Reisen

war ja heutzutage kein Problem mehr. Sie würde fliegen. Eine Freundin, Diane Horrocks, die nach Trinidad fuhr, würde sich ihrer bis dorthin annehmen. Und auf St. Honoré würde sie im Golden Palm Hotel wohnen, das die Sandersons führten, die nettesten Leute auf Gottes Erdboden. Sie würden nach dem Rechten sehen, er werde ihnen auf der Stelle schreiben.
Wie sich dann herausstellte, waren die Sandersons nach England zurückgegangen, aber ihre Nachfolger, die Kendals, waren sehr nett und freundlich gewesen und hatten Raymond versichert, er brauche wegen seiner Tante überhaupt nicht besorgt zu sein. Für den Notfall gebe es einen sehr guten Arzt auf der Insel, und sie selbst würden sich um ihr Wohlergehen kümmern.
Sie hatten auch wirklich Wort gehalten. Molly Kendal, eine blonde Zwanzigerin von offenem Charakter und stets guter Laune, hatte die alte Dame wärmstens begrüßt und tat nun alles, um es ihr so bequem wie möglich zu machen. Auch Tim Kendal, ein schlanker dunkler Dreißiger, war die Freundlichkeit in Person.
Da war sie nun also, der Rauheit des englsichen Klimas entrückt, und hatte einen hübschen kleinen Bungalow mit freundlich lächelnden westindischen Mädchen zu ihrer Bedienung. Tim Kendal, stets zu Späßen aufgelegt, teilte ihr im Speisesaal die tägliche Speisenfolge mit, und von ihrem Bungalow führte ein angenehmer Pfad zur Küste und zum Badestrand, wo sie in einem bequemen Korbstuhl sitzen und den Badenden zusehen konnte. Sogar ein paar ältere Gäste zur Gesellschaft waren da: der alte Mr. Rafiel, Dr. Graham, Kanonikus Prescott mit Schwester sowie Major Palgrave, ihr derzeitiger Kavalier.
Was konnte eine ältere Dame sich noch wünschen?
Aber leider muß gesagt werden, daß Miss Marple nicht so zufrieden war, wie sie es nach Lage der Dinge hätte sein müssen. Sie wußte das, fühlte sich sogar schuldig deswegen. Sicherlich, es war wunderschön hier, und *so* gut für ihren Rheumatismus! Und die Landschaft war herrlich,

wenn auch – vielleicht – ein bißchen eintönig. So *viele* Palmen, und auch sonst Tag für Tag immer das gleiche: nie *geschah* etwas, ganz anders als daheim in St. Mary Mead, wo sich immer etwas tat! Ja, wirklich, in St. Mary Mead war immer etwas los. Eine Episode um die andere ging Miss Marple durch den Sinn. Da war der Irrtum mit Mrs. Linnetts Hustenmixtur, dann dieses ganz merkwürdige Benehmen des jungen Polegate, damals, als Gregory Woods Mutter ihn besuchen gekommen war – aber *war* sie seine Mutter? –, dann der wahre Grund des Streites zwischen Joe Arden und seiner Frau. Lauter interessante menschliche Probleme, über die man so gut nachdenken konnte! Wenn es nur auch hier irgend etwas gäbe, irgendein Problem, in das man sich – nun ja – so richtig verbeißen könnte!

Erschrocken stellte sie fest, daß Major Palgrave Kenia längst verlassen hatte und nun von seinen Erlebnissen als Unteroffizier an der Nordwestgrenze Indiens berichtete. Eben fragte er sie mit großem Ernst: »Meinen Sie nicht auch?«

Ihre lange Übung befähigte Miss Marple, auch diese Situation zu meistern.

»Ach, wissen Sie, ich glaube, ich bin da doch zu wenig erfahren, um das zu beurteilen. Ich habe leider recht zurückgezogen gelebt.«

»Wie sich's gehört, meine Gnädigste, ganz wie sich's gehört!« rief der Major galant.

»Ihr Leben war so überaus abwechslungsreich!« Miss Marple war bestrebt, ihre Unaufmerksamkeit wieder gutzumachen.

»Das stimmt«, sagte Major Palgrave selbstzufrieden. »Ja, so kann man wohl sagen!« Er blickte anerkennend um sich. »Reizender Ort hier.«

»Ja, wirklich«, sagte Miss Marple, konnte sich aber nicht verkneifen, noch hinzuzufügen: »Ob sich hier wohl jemals etwas tut?«

Major Palgrave machte große Augen.

»Aber gewiß doch! Und ob! Ganze Menge Skandale, was meinen Sie wohl! Na, ich könnt' Ihnen Sachen erzählen . . .«

Aber Miss Marple wollte gar keine Skandale. Was war das schon, wenn all diese Herrchen und Dämchen ihre Partner wechselten und die Aufmerksamkeit noch darauf lenkten, anstatt es dezent zu vertuschen und sich ordentlich zu schämen!

»Sogar einen Mord hat es hier vor zwei Jahren gegeben. Ein Mann namens Harry Western. Das ging damals durch alle Zeitungen. Erinnern Sie sich nicht daran?«

Miss Marple nickte ohne Begeisterung. Das war kein Mord nach ihrem Geschmack gewesen. Das Aufsehen war bloß durch den Reichtum der Beteiligten entstanden, und alles sprach dafür, daß Harry Western den Grafen de Ferrari erschossen hatte, den Liebhaber seiner Frau. Ebenso wahrscheinlich hatte er sich sein unwiderlegbares Alibi durch Bestechung verschafft. Jedermann schien betrunken gewesen zu sein, und außerdem hatte es da auch ein paar Rauschgiftsüchtige gegeben. Keine wirklich interessanten Leute, dachte Miss Marple, wenn es auch reizvoll ist, sie zu beobachten. Nein, eigentlich nicht ihr Geschmack.

»Und wenn Sie *mich* fragen, das war damals nicht der einzige Mord.« Er nickte und kniff ein Auge zu. »Ich hatte da einen Verdacht – o ja . . .«

Miss Marple ließ ihren Wollknäuel fallen, und der Major bückte sich danach. »Weil wir schon von Mord reden«, fuhr er fort, »einmal stieß ich auf einen sehr seltsamen Fall – nicht gerade ich persönlich.«

Miss Marple lächelte ermunternd.

»Es war mein Club, wissen Sie, alle sprachen mit allen, und einer, ein Arzt, begann von einem seiner Fälle zu erzählen. Ein junger Mann habe ihn mitten in der Nacht aus dem Bett geholt. Seine Frau hatte sich erhängt. Nun, Telefon war keines im Haus, er hatte sie abgeschnitten, sein möglichstes versucht, war dann zu seinem Wagen gerannt und hatte den Doktor verständigt. Sie war zwar nicht tot, aber es fehlte nicht viel. Jedenfalls, sie kam durch. Der junge Mann schien sie sehr zu lieben, er weinte wie ein Kind. Sie habe sich schon seit einiger Zeit so merkwürdig betragen, Anfälle von Melancholie gezeigt und so. Alles schien also in Ordnung, aber einen Monat später nahm die Frau eine Überdosis Schlaftabletten und starb. Trauriger Fall.«

Major Palgrave machte eine Pause und nickte mehrmals.

»Und damit, sollte man meinen, war die Sache beendet. Eine neurotische Frau, nichts weiter. Aber ungefähr ein Jahr später fachsimpelte mein Doktor mit einem Fachkollegen, der ihm von einer Frau erzählte, die ins Wasser gegangen war. Ihr Mann hatte sie 'rausgezogen, den Arzt geholt, sie brachten sie durch – und ein paar Wochen später drehte sie das Gas auf.

Na, das paßte nicht schlecht zusammen, ganz die gleiche Geschichte! Nun, mein Doktor sagte denn auch: ›Ich habe einen ganz ähnlichen Fall gehabt‹, sagte er, ›der Mann hieß Jones (oder wie immer der Name war), wie hieß der Ihre?‹ ›Kann mich nicht mehr erinnern. So ähnlich wie Robinson, aber bestimmt nicht Jones.‹

Nun, die beiden fanden die Sache ziemlich merkwürdig. Und dann zog mein Doktor ein Foto heraus. ›Das ist der Mann‹, sagte er, ›Ich bin am nächsten Tag hingefahren wegen der näheren Umstände, da bemerkte ich einen wunderschönen Hibiskus gerade vor dem Eingang, eine Sorte, die ich bei uns noch nie gesehen habe. Ich holte meine Kamera aus dem Wagen und machte eine Aufnahme davon. Gerade in diesem Moment trat der Mann aus dem Haus und kam so mit auf das Bild. Hat er wohl gar nicht bemerkt. Ich fragte ihn wegen des Hibiskus, aber er konnte mir auch nichts darüber sagen.‹ Der zweite Arzt sah sich das Foto an und meinte, es sei zwar ein bißchen unscharf, aber er würde trotzdem darauf schwören, daß dies *derselbe Mann sei!* Ich weiß nicht, ob man die Sache weiter verfolgt hat, aber wenn, so hat man sicher

nichts gefunden. Mr. Jones oder Robinson hat seine Spuren wohl zu gut verwischt. Aber komisch ist die Geschichte schon! Man würde nicht glauben, daß so etwas vorkommt.«
»Oh, ich schon«, sagte Miss Marple seelenruhig. »So was passiert jeden Tag.«
»Na, hören Sie – das ist doch Phantasterei!«
»Warum? Wenn ein Mann ein Rezept findet, das funktioniert, dann hört er nicht auf. Dann macht er weiter.«
»Sie meinen, wie seinerzeit der ›Badewannenmörder‹?«
»Ja, so ungefähr.«
»Mein Doktor hat mir das Foto überlassen, als Kuriosum.«
Major Palgrave begann in seiner vollgestopften Brieftasche zu stöbern: »Was da alles drin ist – möcht' wissen, warum ich das Zeug aufbewahre . . .«
Miss Marple glaubte den Grund zu wissen. Das war sozusagen die Requisitenkammer des Majors, die Dokumentation seiner Geschichten. Was er eben erzählt hatte, mochte ursprünglich gar nicht so gelautet haben, war nur im Laufe wiederholter Erzählungen zu dieser Form gediehen.
Der Major stöberte weiter und brummte dazu. »Über *diese* Geschichte ist längst Gras gewachsen . . . Sie war eine gutaussehende Frau, man hätte nie geglaubt . . . Also wo *hab'* ich . . . Ah! Das erinnert mich . . . Was für Stoßzähne . . . Das muß ich Ihnen auch noch zeigen . . .«
Er hielt inne, zog eine kleine Fotografie heraus und starrte sie an.
»Wollen Sie das Bild eines Mörders sehen?«
Schon im Begriffe, ihr das Bild zu reichen, hielt er mitten in der Bewegung an. Dabei erinnerte er mehr als je an einen ausgestopften Frosch, denn er starrte unverwandt über Miss Marples rechte Schulter in die Richtung, aus der das Geräusch sich nähernder Schritte und Stimmen drang.
»Also, ich will verdammt – ich meine . . .« Er stopfte alles

in die Brieftasche zurück und verwahrte sie in seiner Tasche. Sein Gesicht wurde noch um eine Spur röter, und dann sprach er mit lauter, gekünstelter Stimme: »Wie gesagt, ich hätte Ihnen gerne diese Stoßzähne gezeigt! Der größte Elefant, den ich je geschossen habe – ah, *hallo!*« Er rief es mit unechter Herzlichkeit. »Sieh da, sieh da, unser Kleeblatt, Flora und Fauna – wie war's heute mit Ihrem Glück – ha?«

Miss Marple kannte die vier jetzt herzutretenden Hotelgäste bereits vom Sehen. Es waren zwei Ehepaare, von denen der große Mann mit dem dichten grauen Haarschopf »Greg« gerufen wurde. Sie wußte, daß seine goldblonde Frau Lucky hieß – und daß das andere Ehepaar, der schlanke dunkle Mann und die gutaussehende, wenn auch schon etwas verwitterte Frau, Edward und Evelyn hießen. Sie waren Botaniker, aber auch an Ornithologie interessiert.

»Überhaupt kein Glück«, sagte Greg. »Zumindest nicht mit dem, was wir eigentlich unternehmen wollten.«

»Ich weiß nicht, ob Sie Miss Marple kennen? Mr. und Mrs. Oberst Hillingdon und Greg und Lucky Dyson.«

Alle begrüßten Miss Marple freundlich, und Lucky sagte lärmend, daß sie sterben werde, falls sie nicht sofort oder womöglich noch schneller was zu trinken bekäme.

Greg nickte Tim Kendal zu, der in einiger Entfernung mit seiner Frau über den Rechnungsbüchern saß.

»Hallo, Tim, bringen Sie uns bitte ein paar Drinks!« Er wandte sich an die anderen: »Plantagen-Punsch?«

Man war einverstanden.

»Auch für Sie, Miss Marple?«

Miss Marple dankte. Sie würde lieber frischen Zitronensaft nehmen.

»Also dann frischen Zitronensaft«, sagte Tim Kendal, »und fünfmal Plantagen-Punsch.«

»Sie trinken doch auch einen, Tim?«

»Gern, aber vorher muß ich diese Rechnungen in Ordnung bringen, ich kann Molly nicht alles allein machen

lassen. Übrigens, heute abend haben wir eine neue Tanzkapelle im Haus.«
»Bravo!« rief Lucky. Dann zuckte sie zusammen. »Verdammt, ich bin ganz voller Dornen! Autsch! Edward hat mich absichtlich in einen Dornbusch gestoßen!«
»Wunderschöne rosa Blüten«, sagte Hillingdon.
»Und wunderschöne lange Dornen dazu! Ein brutaler Sadist bist du, Edward!«
»Gar nicht wie ich«, sagte Greg grinsend. »Ich bin voll Milch der frommen Denkungsart.«
Evelyn Hillingdon setzte sich zu Miss Marple und begann auf angenehm leichte Art mit ihr zu plaudern.
Miss Marple legte ihre Strickerei in den Schoß. Langsam und durch ihr Muskelrheuma behindert, wandte sie den Kopf und blickte über die rechte Schulter. Dort stand der große Bungalow, den der reiche Mr. Rafiel bewohnte. Aber nichts regte sich dort.
Sie gab die passenden Antworten – wirklich, die Leute waren *so* nett zu ihr! –, aber ihre Augen prüften nachdenklich die Gesichter der beiden Männer.
Edward Hillingdon schien ein netter Mensch zu sein, ruhig, aber mit sehr viel Charme. Und Greg war groß, geräuschvoll und gutgelaunt. Er und Lucky schienen Kanadier oder Amerikaner zu sein.
Dann blickte sie auf Major Palgrave, der sich noch immer in gemachter Bonhomie gefiel.
Recht interessant . . .

2

Diesen Abend ging es im Golden Palm Hotel sehr fröhlich zu.
Von ihrem kleinen Ecktisch aus nahm Miss Marple interessiert an allem Anteil. Der Speisesaal, nach drei Seiten offen, war erfüllt von der warmen, duftenden Luft West-

indiens, die kleinen Tischlampen verbreiteten dezent gefärbtes Licht, und die Mehrzahl der Damen war im Abendkleid: braungebrannte Schultern und Arme kontrastierten mit hellen Baumwolldessins. Miss Marple selbst trug graue Spitze. Zwar war sie von Joan, der Frau ihres Neffen, auf die reizendste Art genötigt worden, einen »kleinen Scheck« anzunehmen, denn es würde hier draußen eher heiß sein, und sie besitze doch keine sehr dünnen Kleider und so.
Jane Marple hatte den Scheck mit Dank angenommen. Zu ihrer Zeit hatten die Alten noch die Jungen unterstützt. Dennoch brachte sie es nicht übers Herz, etwas wirklich Dünnes zu kaufen. In ihrem Alter fühlte sie sich auch bei heißester Witterung nur angenehm erwärmt, und überdies herrschte auf St. Honoré eine wirklich tropische Hitze. So trug also Miss Marple heute nach bestem englischen Provinzdamenherkommen graue Spitze.
Nicht, daß sie der einzige ältere Gast gewesen wäre. Es gab Vertreter aller Altersstufen in dem Raum. Da waren alternde Geldleute mit ihren jungen Frauen in dritter oder vierter Ehe, da gab es Paare mittleren Alters aus dem Norden Englands, und da war eine fröhliche Familie aus Caracas samt ihren Kindern. Lateinamerika war gut vertreten, wie die spanisch oder portugiesisch geführten Unterhaltungen bewiesen. Den soliden englischen Hintergrund lieferten zwei geistliche Herren, ein Arzt und ein pensionierter Richter. Sogar eine chinesische Familie war da. Die Bedienung im Speisesaal oblag hauptsächlich den großen farbigen Mädchen in stolzer Haltung und frischem Weiß, aber es gab einen erfahrenen italienischen Ober, einen französischen Weinkellner, und über alles wachte Tim Kendal, der da und dort stehenblieb, um mit den Gästen ein paar freundliche Worte zu wechseln. Seine Frau unterstützte ihn nach Kräften. Gutaussehend und stets guter Laune, paßte sie ihr Verhalten dem der verschiedenen Gäste an, lachte

und flirtete mit den älteren Herren und machte den jüngeren Damen Komplimente wegen ihrer Kleider.
Bei Miss Marples Tisch blieb sie nicht stehen. »Netten alten Damen ist ein Mann weitaus lieber«, pflegte sie zu sagen.
Tim Kendal trat herzu und beugte sich über Miss Marple. »Keinen besonderen Wunsch?« fragte er. »Sie brauchen es mir nur zu sagen, ich lasse alles speziell für Sie zubereiten! Diese halbtropische Hotelkost entspricht doch sicher nicht ganz Ihrem heimischen Geschmack.«
Lächelnd meinte Miss Marple, auch um dieses Vergnügens willen sei sie herübergekommen.
»Nun, das hört man gern. Aber falls es *doch* etwas gibt.«
»Was meinen Sie denn?«
»Nun –« meinte Tim Kendal zweifelnd, »vielleicht einen Brotpudding?«
Aber Miss Marple beteuerte lächelnd, sie könne im Augenblick recht gut ohne diese Speise auskommen. Dann begann sie mit sichtlichem Behagen ihr Fruchteis auszulöffeln.
Die Kapelle begann zu spielen. Sie gehörte zu den Hauptattraktionen der Insel. In Wahrheit hätte Miss Marple sehr gut ohne sie leben können. Für sie war das schrecklicher Lärm, sonst nichts. Aber da dieser Lärm allen anderen unleugbar gefiel, war auch Miss Marple gewillt, daran Gefallen zu finden. Schließlich konnte sie von Tim Kendal wirklich nicht verlangen, er solle von irgendwoher die gedämpften Klänge des Donauwalzers beschwören – obwohl Walzertanzen so graziös war! Heutzutage tanzten die Leute ja recht sonderbar. Das tobte mit verzerrten Gesichtern herum – nun ja, Jugend *will* sich eben austoben ... Ihre Gedanken stockten: wer von diesen Leuten *war* denn eigentlich jung? Ein Ort wie dieser war zu weit weg und für die Jugend viel zu teuer! Dieses frohe, sorgenlose Leben war den Dreißigern, den Vierzigern und den älteren Herren vorbehalten, die sich ihren jungen Frauen anzupassen suchten. Schade drum!

Dabei sehnte Miss Marple sich nach jungen Leuten! Natürlich, es gab Mrs. Kendal. Sie war nicht älter als zwei- oder dreiundzwanzig und schien sich blendend zu unterhalten – aber das tat sie von *Berufs* wegen!
An einem der Nachbartische saßen Kanonikus Prescott und Schwester. Sie bedeuteten Miss Marple, den Kaffee gemeinsam mit ihnen einzunehmen, und das tat sie. Miss Prescott war eine magere, streng aussehende Frau, der Kanonikus hingegen ein rundlicher Mann mit rötlichem Teint und voll Freundlichkeit.
Der Kaffee wurde gebracht, man schob die Stühle ein wenig zurück, und Miss Prescott öffnete ihren Handarbeitsbeutel, dem sie ein paar wirklich scheußliche Tischdeckchen entnahm, an deren Saum sie arbeitete. Dabei erzählte sie Miss Marple vom Tagesablauf: vormittags hatten sie eine neue Mädchenschule besichtigt, und nach dem Mittagsschläfchen waren sie durch eine Zuckerrohrplantage zu einer Pension spaziert, um zusammen mit einigen dort logierenden Freunden Tee zu trinken.
Da die Prescotts schon länger im Golden Palm wohnten, wußten sie einiges über die Hotelgäste zu berichten.
Dieser ganz alte Herr zum Beispiel, Mr. Rafiel, kam jedes Jahr hierher. Als Besitzer einer ganzen Kette nordenglischer Supermärkte war er ungeheuer reich. Die junge Dame, die ihn begleitete, war seine Sekretärin; Esther Walters hieß sie und war verwitwet – das alles war natürlich ganz in Ehren, schließlich war Mr. Rafiel fast achtzig!
Miss Marple nahm das Unanstößige solcher Beziehung verständnisvoll nickend zur Kenntnis, und der Kanonikus bemerkte:
»Übrigens eine sehr nette junge Dame. Ihre Mutter soll Witwe sein und in Chichester wohnen.«
»Dann hat Mr. Rafiel auch einen Diener mit, wohl eher eine Art Krankenwärter – er ist als Masseur ausgebildet, glaube ich, und heißt Jackson. Der arme Mr. Rafiel ist ja nahezu gänzlich gelähmt. Zu traurig – bei all dem Geld!«
»Aber er ist ein sehr gebefreudiger Herr!« schloß Kanoni-

kus Prescott beifällig.
Die Leute gruppierten sich nun anders im Saal. Die einen suchten einen größeren Abstand von der Kapelle, während andere sich in deren Nähe drängten. Major Palgrave saß jetzt am Tisch der Dysons und Hillingdons.
»Also *diese* Leute –« Miss Prescott senkte ihre Stimme unnötigerweise, die Kapelle spielte laut genug.
»Ja, darüber wollte ich Sie ohnehin fragen!«
»Sie waren schon im Vorjahr hier. Jedes Jahr verbringen sie drei Monate in Westindien und besuchen die verschiedenen Inseln. Der Große, Hagere ist Oberst Hillingdon, die dunkle Dame ist seine Frau – beide sind Botaniker. Das andere Paar. Mr. und Mrs. Gregory Dyson, kommt aus Amerika. Er schreibt, glaube ich, über Schmetterlinge. Und alle vier interessieren sich auch für Vögel.«
»Ich finde es nett, wenn Leute solche Freiluft-Hobbies haben!« bemerkte Kanonikus Prescott wohlwollend.
»Sag das mit den Hobbies ja nicht zu laut, Jeremy!« warnte ihn seine Schwester. »Es sind Artikel von ihnen im *National Geographic* und im *Royal Horticultural Journal* erschienen. Diese Leute nehmen sich und ihre Arbeit überaus ernst.«
Wie um diese Worte zu widerlegen, dröhnte von dem Tisch, der zur Debatte stand, plötzlich eine Lachsalve herüber. Sie übertönte sogar die Kapelle. Gregory Dyson lehnte sich zurück, hieb unter den Protesten seiner Frau auf den Tisch ein, und Major Palgrave leerte währenddessen unter Beifallsbezeigungen sein Glas.
»Major Palgrave sollte nicht so viel trinken«, stellte Miss Prescott mißbilligend fest. »Er leidet an hohem Blutdruck.«
Weitere Gläser mit Plantagen-Punsch wurden an den Tisch gebracht.
»Es ist so nett, wenn man weiß, wie die Leute zusammengehören«, sagte Miss Marple. »Heute nachmittag, als ich sie traf, war ich gar nicht so sicher.«
Es gab eine kleine Pause. Dann hüstelte Miss Prescott diskret und sagte: »Nun, was das betrifft –«

»Joan«, mahnte der Kanonikus, »darüber solltest du besser nichts sagen!«
»Aber Jeremy, ich *sage* ja gar nichts! Wir hatten nur im Vorjahr – ich weiß nicht mehr, warum – den Eindruck, Mrs. Dyson sei Mrs. Hillingdon, bis uns jemand sagte, daß das umgekehrt wäre.«
»Man hat oft ganz merkwürdige Eindrücke, nicht wahr?« sagte Miss Marple unschuldig. Ihr Blick traf sich für einen Moment fraulichen Einverständnisses mit dem von Miss Prescott. Wäre der Kanonikus feinfühliger gewesen, er hätte spüren müssen, daß er *de trop* war.
Ein weiterer Blickwechsel zwischen den beiden Frauen besagte so deutlich: »Ein andermal!«, als wären die Worte laut ausgesprochen worden.
»Mr. Dyson nennt seine Frau ›Lucky‹. Das kann doch nur ein Kosename sein?« fragte Miss Marple weiter.
»Es dürfte kaum ihr wirklicher Name sein.«
»Zufällig habe ich ihn danach gefragt«, sagte der Kanonikus. »Er sagte, er nenne sie ›Lucky‹, weil sie ihm Glück bringe. Verlöre er sie, so würde auch sein Glück dahin sein. Das ist sehr hübsch gesagt, finde ich.«
»Ja, er ist ein spaßiger Herr«, sagte seine Schwester.
Der Kanonikus blickte sie zweifelnd an.
Mit mißklingendem Getöse setzte jetzt die Kapelle ein, und eine Gruppe von Tänzern eilte zur Tanzfläche.
Alle, auch Miss Marple, drehten ihre Stühle, um zuzusehen. Der Tanz gefiel Miss Marple besser als die Musik, sie mochte das Schleifen der Füße und die rhythmischen Körperbewegungen. Sie fand das alles so lebenswahr, so voll gebändigter Kraft. Zum erstenmal meinte sie, sich in ihrer neuen Umgebung ein wenig heimisch zu fühlen. Bis jetzt hatte sie vermißt, was sich sonst so leicht einzustellen pflegte: gewisse Ähnlichkeit zwischen Leuten, die sie neu kennenlernte, und verschiedenen ihrer alten Bekannten. Vielleicht hatten nur die fröhlichen Kleider und die exotischen Farben sie verwirrt. Nun aber spürte sie die Möglichkeit einer Fülle interessanter Vergleiche!

Molly Kendal zum Beispiel erinnerte sie an dieses nette Mädchen, der Name war ihr entfallen, aber sie war Schaffnerin im Autobus nach Basing, half stets beim Einsteigen und läutete nie ab, ehe man nicht richtig saß. Tim Kendal glich ein wenig dem Oberkellner im Royal George in Medchester. Selbstsicher und doch besorgt. Hatte er nicht Magengeschwüre gehabt? Major Palgrave wiederum wirkte wie eine zweite Ausgabe von General Leroy, Hauptmann Fleming, Admiral Wicklow oder Fregattenkapitän Richardson. Doch nun zu den interessanteren Leuten: Zum Beispiel Greg. Das war noch schwieriger, denn er war Amerikaner. Vielleicht eine Spur von Sir George Trollope, der im Zivilverteidigungsausschuß saß und immer so voller Witze steckte? Oder vielleicht glich er Mr. Murdoch, dem Fleischer! Sein Ruf war ja nicht der beste, aber manche Leute erklärten das für dummen Tratsch, den Mr. Murdoch noch unterstützte. Jetzt zu Lucky: das war leicht – Marleen in den Drei Kronen. Aber Evelyn Hillingdon? Die war nicht so genau einzustufen. Ihr Aussehen paßte zu vielen Rollen – große verwitterte Engländerinnen gab es wie Sand am Meer. Vielleicht Lady Caroline Wolfe, Peter Wolfes erste Frau, die Selbstmord begangen hatte? Oder auch Leslie James, die ruhige Dame, die so selten ihre Gefühle zeigte und so sang- und klanglos ihr Haus verkauft hatte, um fortzuziehen, und keiner wußte, wohin? Jetzt noch Oberst Hillingdon: für ihn hatte Miss Marple keine Antwort parat. Den müßte man erst ein wenig näher kennenlernen. Eben einer jener ruhigen Männer mit guten Manieren, deren Gedanken sich nicht lesen ließen, einen aber zuweilen erstaunten. Major Harper zum Beispiel hatte sich eines Tages ganz still und einfach die Kehle durchgeschnitten! Und niemand hatte jemals den Grund dafür erfahren. Zwar glaubte Miss Marple ihn zu wissen – aber ganz sicher war sie nie gewesen ...

Ihre Augen wanderten weiter, zu Mr. Rafiels Tisch. Von ihm war vor allem sein großer Reichtum bekannt. Jahr für

Jahr kam er nach Westindien, halb gelähmt, mit einem knittrigen alten Raubvogelgesicht. Die Kleider schlotterten ihm um seine zusammengeschrumpfte Gestalt, und er mochte siebzig, achtzig oder auch neunzig Jahre alt sein. Sein Blick verriet Schlauheit, auch war Mr. Rafiel häufig grob, aber die Leute fühlten sich dadurch nur selten beleidigt, einesteils, weil er reich war, aber auch wegen seiner starken Persönlichkeit, die das Gefühl suggerierte, Mr. Rafiel habe ein Recht darauf, grob zu sein, wann immer er wolle.

Mrs. Walters, die Sekretärin, saß bei ihm. Sie hatte weizenblondes Haar und hübsche Züge. Auch zu ihr war Mr. Rafiel oft sehr grob, aber sie schien das nie zu bemerken. Dabei war sie durchaus nicht unterwürfig, benahm sich eher wie eine gutgeschulte Krankenschwester. Wer weiß, dachte Miss Marple, vielleicht war sie tatsächlich Krankenschwester gewesen?

Jetzt trat ein junger Mann in weißer Jacke, groß und sympathisch, an Mr. Rafiel heran. Der alte Mann blickte zu ihm auf, nickte und wies auf einen freien Stuhl. Der junge Mann setzte sich. »Das ist wohl Mr. Jackson«, sagte sich Miss Marple, »sein Kammerdiener.«

Und aufmerksam musterte sie Mr. Jackson.

In der Bar streckte Molly Kendal ihren Rücken und schlüpfte aus den Schuhen mit den überhohen Absätzen. Eben kam Tim herein. Für einen Augenblick waren sie ungestört.

»Müde, Liebling?« fragte er.

»Ein bißchen. Heute abend spür' ich meine Füße.«

»Wird es dir nicht zu viel? Ich weiß schon, es ist Schwerarbeit.« Er sah sie besorgt an.

Sie lachte. »Ach Tim, laß dich nicht auslachen! Mir gefällt es hier. Es ist herrlich, genau das, was ich mir erträumt habe.«

»Ja, ja, alles sehr schön – wenn wir Gäste wären. Aber den Laden selbst aufzuziehen, das macht Arbeit!«

»Nun, umsonst ist der Tod, sonst gar nichts, oder?«
Tim Kendal runzelte die Stirn: »Glaubst du, daß es klappt? Daß es ein Erfolg wird? Daß wir alles richtig machen?«
»Aber natürlich!«
»Und du glaubst nicht, daß die Leute sagen: ›Damals, als die Sandersons noch da waren, war es doch was anderes‹?«
»*Das* wird immer jemand sagen. Die Leute eben, die am Alten hängen! Aber ich bin sicher, daß wir es besser machen. Wir bieten individuelle Betreuung. Du gehst den alten Katzen um den Bart, es sieht aus, als machtest du den sitzengebliebenen Fünfzigerinnen den Hof, na, und ich liebäugle mit den älteren Herren und gebe ihnen das Gefühl, daß sie ganz wüste Draufgänger sind – oder ich spiele die süße kleine Tochter, wie sie die Sentimentalen unter ihnen gern gehabt hätten. So ist doch alles bestens eingeteilt!«
Tims Sorgenfalten verschwanden.
»Wenn nur *du* sicher bist! *Ich* habe Angst. Schließlich haben wir alles riskiert, um aus dem hier ein Geschäft zu machen. Sogar meine Stellung hab' ich aufgegeben . . .«
»Und recht daran getan!« warf Molly rasch ein. »Die war ja geisttötend.«
Er lachte und küßte sie auf die Nase.
»Laß dir von mir gesagt sein, daß wir's geschafft haben!« wiederholte sie. »Wozu immer diese Bedenken?«
»Mein Gott, ich bin eben so! Immer glaube ich, daß etwas schiefgehen könnte.«
»Aber *was* denn?«
»Ach, ich weiß nicht. Vielleicht ertrinkt mal einer?«
»Von denen bestimmt keiner! Der Strand hier ist so sicher wie eine Badewanne. Und überdies haben wir ja den großen Schweden, der immer aufpaßt.«
»Ja, ich weiß, daß ich töricht bin«, sagte Tim Kendal. Aber dann fragte er doch: »Übrigens – du träumst doch hoffentlich nicht mehr so schlimme Sachen, nicht wahr?«
»Das war alles Unsinn«, sagte Molly. Sie lachte.

3

Wie gewöhnlich nahm Miss Marple ihr Frühstück im Bett ein: Tee, ein weiches Ei und eine Scheibe Melone.
Das Obst hier, dachte sie, war eher enttäuschend. Nichts als Melonen. Sie hatte Appetit auf einen guten Apfel, aber Äpfel schien man hier nicht zu kennen.
Nachdem sie eine Woche hier verbracht hatte, fragte Miss Marple nicht mehr nach dem Wetter. Es war stets das gleiche: schön, ohne jede interessante Abwechslung.
»Wie prächtig wetterwendisch ist ein Tag in England«, murmelte sie und wußte im Moment nicht – war das ein Zitat, oder hatte sie soeben selbst diesen Satz geprägt?
Ja, es gab hier auch Orkane, wenn sie recht gehört hatte. Aber Orkane, das war ja kein Wetter mehr in des Wortes eigentlichem Sinn, das gehörte schon zu den Elementarereignissen. Was aber waren diese kurzen heftigen Regenfälle, die nach fünf Minuten plötzlich aufhörten? Alles triefte dann vor Nässe – und war nach weiteren fünf Minuten wieder staubtrocken.
Das schwarze Antillenmädchen wünschte lächelnd einen guten Morgen, während sie das Tablett auf Miss Marples Knien abstellte. Prachtvoll, diese weißen Zähne! Wie gemacht, um damit zu lächeln. Alle diese Mädchen waren so nett – schade nur, daß sie nicht heiraten mochten! Kanonikus Prescott sorgte sich deswegen, fand aber einen gewissen Trost in der Tatsache, daß trotzdem genügend getauft wurde.
Während Miss Marple ihr Frühstück einnahm, legte sie ihre Tageseinteilung fest. Schwer war das ja nicht. Zuerst kam das Aufstehen, nicht zu rasch, denn es war heiß, und ihre Finger waren nicht mehr so geschmeidig wie ehedem. Dann, nach einem Viertelstündchen Verschnaufen, würde sie ihr Strickzeug nehmen und sich auf den Weg zum Hotel machen. Dabei konnte sie überlegen, ob sie von der Terrasse aus den Blick aufs Meer genießen oder am Badestrand den Badenden und den Kindern zusehen

wollte. Meist entschied sie sich für den Strand. Später, nach dem Mittagsschläfchen, konnte sie vielleicht eine Spazierfahrt machen, aber das war nicht so wichtig. Eben ein weiterer Tag wie alle anderen hier, sagte sie sich. Aber es sollte anders kommen.

Im Begriff, ihr Tagesprogramm auszuführen, war Miss Marple eben auf dem Weg zum Hotel, als sie Molly Kendal traf. Diesmal lächelte die sonst so heitere junge Frau nicht. Ihre Unglücksmiene veranlaßte Miss Marple zu sagen:

»Meine Liebe, ist etwas geschehen?«

Molly nickte. Zögernd sagte sie: »Nun, Sie müssen es erfahren wie jeder andere auch. Major Palgrave ist tot.«

»Tot?«

»Ja. Während der Nacht gestorben.«

»Ach meine Liebe, das *tut* mir aber leid!«

»Ja, es ist schrecklich, besonders hier. Ein Todesfall deprimiert die Leute so. Anderseits – bei *dem* Alter . . .«

»Gestern war er noch springlebendig!« sagte Miss Marple. Diese stillschweigende Gewohnheit, in jedem Menschen vorgerückten Alters gleich einen Todeskandidaten zu sehen, wurmte sie. »Wirklich, er kam mir noch recht rüstig vor!« fügte sie hinzu.

»Aber der hohe Blutdruck«, sagte Molly.

»Da gibt es heutzutage doch Mittel dagegen – irgendwelche Pillen. Beim heutigen Stand der Wissenschaft . . .«

»Das schon – aber vielleicht hat er vergessen, die Pillen zu nehmen? Oder er hat zu viele genommen? Beim Insulin ist das ja auch so.«

Miss Marple war nicht der Meinung, daß Diabetes und übermäßiger Blutdruck ein und dasselbe wären. Sie fragte:

»Was sagt denn der Arzt dazu?«

»Oh, Dr. Graham, der ja praktisch schon im Ruhestand ist und im Hotel wohnt, hat ihn sich angesehen. Auch die Ortsbehörden waren schon da, um den Totenschein auszustellen. Es schient alles ganz normal zu sein, so etwas kann eben vorkommen, wenn man hohen Blutdruck hat und zuviel trinkt. Major Palgrave trieb es ja recht arg, erst gestern nach dem Beispiel.«

»Ich hab's bemerkt«, sagte Miss Marple.

»Und da wird er vergessen haben, seine Pillen zu nehmen. Traurig für den alten Herrn – aber wer lebt schon ewig? Für mich und Tim ist das Ganze natürlich schrecklich unangenehm! Die Leute könnten glauben, das Essen sei schuld.«

»Aber die Symptome einer Speisevergiftung sind doch ganz andere!«

»Das schon, aber was wird nicht gleich alles geredet! Und wenn die Leute wirklich dem Essen die Schuld geben – und weggehen – oder es ihren Bekannten weitersagen –«

»Wer wird sich denn solche Sorgen machen«, sagte Miss Marple. »Wie Sie sagten, ein älterer Mann wie Major Palgrave – er muß doch schon über Siebzig gewesen sein – kann leicht sterben, daran wird niemand etwas finden. Ein trauriger, aber ganz alltäglicher Fall!«

»Wenn es nur nicht so *plötzlich* gekommen wäre«, sagte Molly unglücklich.

Ja, es war ungewöhnlich plötzlich gekommen, überlegte Miss Marple im Weitergehen. Den Abend hatte er noch in bester Laune mit den Hillingdons und den Dysons verbracht!

Diese Hillingdons und Dysons ... Miss Marple ging noch langsamer und hielt schließlich an. Statt zum Badestrand zu gehen, wählte sie ihren Platz in einer schattigen Ecke der Terrasse. Dort packte sie ihr Strickzeug aus, und bald darauf klapperten die Nadeln so rasch, als gelte es, mit den jagenden Gedanken ihrer Besitzerin Schritt zu halten. Denn *etwas gefiel ihr nicht,* nein, etwas gefiel ihr nicht an diesem Todesfall! Er kam irgend jemandem gar zu gelegen ...

Sie überdachte den gestrigen Tag.

Da waren diese Geschichten von Major Palgrave. Sie waren gewesen wie immer, man brauchte nicht so genau

hinzuhören ... Trotzdem, vielleicht wäre es besser gewesen!
Von Kenia – ja, er hatte von Kenia erzählt. Dann von Indien, von der Nordwestgrenze – und dann waren sie aus irgendeinem Grund auf Mord zu sprechen gekommen. Aber auch da hatte sie nicht wirklich zugehört ...
Irgendein berühmter Fall, der hier draußen geschehen war und von dem die Zeitungen berichtet hatten.
Und später, als er sich nach ihrem Wollknäuel gebückt hatte, war von einem Foto die Rede gewesen: »Wollen Sie das *Bild eines Mörders* sehen?« – das hatte er gesagt!
Miss Marple schloß die Augen und versuchte sich den Wortlaut der Geschichte ins Gedächtnis zu rufen.
Es war eine eher wirre Geschichte gewesen, die der Major im Club gehört hatte, ein Arzt hatte sie von einem anderen Arzt, und der eine Arzt hatte von jemandem, der aus seiner Haustür gekommen war, eine Aufnahme gemacht – und dieser Jemand sollte einen Mord begangen haben.
Ja. Das war es. Jetzt fielen ihr auch die Einzelheiten wieder ein.
Und dann hatte der Major ihr das Foto zeigen wollen. Er hatte seine Brieftasche gezogen und begonnen, ihren Inhalt nach dem Bild zu durchsuchen. Dabei hatte er die ganze Zeit geredet.
Und dann, immer noch redend, hatte er aufgeblickt – nicht auf sie, sondern auf jemanden hinter ihr, hinter ihrer rechten Schulter, um genau zu sein. Und er hatte zu sprechen aufgehört, war dunkelrot angelaufen und hatte mit leicht zitternden Händen alles wieder in die Brieftasche zurückgestopft. Dabei hatte er mit unnatürlich lauter Stimme über Elefantenzähne gesprochen!
Und gleich darauf waren die Hillingdons und die Dysons hinzugekommen.
Dann erst hatte sie den Kopf gedreht und über ihre rechte Schulter geblickt. Aber da war nichts und niemand zu sehen gewesen. Zu ihrer Linken, gegen das Hotel zu, hatten Tim Kendal und seine Frau gesessen, noch weiter hinten

lagerte eine venezolanische Familie. Aber in diese Richtung hatte Major Palgrave gar nicht geblickt...
Bis zur Mittagszeit dachte Miss Marple über all das nach.
Die geplante Spazierfahrt unternahm sie nicht. Statt dessen ließ sie sagen, sie fühle sich nicht ganz wohl und bitte Dr. Graham um seinen Besuch.

4

Dr. Graham war ein freundlicher, älterer Herr von etwa Fünfundsechzig. Er begrüßte Miss Marple liebenswürdig und fragte dann nach ihren Beschwerden. Glücklicherweise gab es in ihrem Alter immer irgendein Leiden, über das man mit ein wenig Übertreibung sprechen konnte. Nachdem Miss Marple ein wenig geschwankt hatte, ob sie »meine Schulter« oder »mein Knie« sagen sollte, entschied sie sich für das Knie. Sie spüre es ununterbrochen, sagte sie.
Dr. Graham war ungemein freundlich und vermied es zu sagen, daß derlei Beschwerden für Miss Marples Alter ganz normal seien. Er verordnete ein bewährtes Medikament, und da er aus Erfahrung wußte, wie einsam sich viele ältere Leute anfangs hier fühlten, blieb er noch ein wenig und sprach freundlich von diesem und jenem.
Ein sehr netter Mann, dachte Miss Marple. Eigentlich beschämend, ihn so belügen zu müssen! Aber anders geht es ja nicht!
Miss Marple war zur Wahrheitsliebe erzogen worden und auch von Natur aus jeder Lüge abhold. Unter Umständen aber, sobald die Pflicht es gebot, konnte sie erstaunlich überzeugend lügen.
Sie räusperte sich, hüstelte entschuldigend und sagte in der betulichen Art alter Damen: »Ja, noch etwas, Dr. Graham, um was ich Sie gerne gefragt hätte. Ich würde

es gar nicht erwähnen, aber ich weiß mir wirklich keinen Rat. Nun ja, eigentlich ist es ganz unbedeutend, aber für *mich* ist es wichtig, verstehen Sie? Und ich hoffe eben, Sie werden das einsehen und mich nicht gleich für eine lästige Person halten, die unmögliche Fragen stellt.«
Dr. Graham blieb freundlich: »Also, wo fehlt es denn – ich will gerne helfen, wenn ich kann.«
»Es betrifft Major Palgrave. Ich bin ja noch ganz außer mir über seinen Tod. Heute morgen, als ich davon hörte, war es ein richtiger Schock für mich!«
»Ja, ich finde auch, daß es sehr plötzlich kam«, sagte Dr. Graham. »Nachdem er doch gestern noch so frisch und munter war.« Das war freundlich, besagte aber nichts. Aber wie hätte Major Palgraves Tod für Dr. Graham etwas Außergewöhnliches sein sollen? Miss Marple fragte sich, ob sie nicht wirklich aus einer Mücke einen Elefanten machte. Waren ihr diese Verdachtsgedanken schon zur Gewohnheit geworden? Gleichviel, sie konnte jetzt nicht mehr zurück.
»Noch gestern nachmittag saßen wir zusammen am Strand und haben geplaudert«, sagte sie. »Er erzählte mir aus seinem wechselvollen Leben. Interessant! So viele fremde Länder!«
»Nicht wahr?« sagte Dr. Graham, den der Major oft genug mit seinen Erinnerungen gelangweilt hatte.
»Und später erzählte er von seiner Familie, von seiner Kindheit, und auch ich erzählte ein wenig von meinen Neffen und Nichten, und er nahm solchen Anteil, daß ich ihm ein Foto von meinem Neffen zeigte, das ich gerade bei mir hatte. So ein lieber Junge – jetzt ist das ja längst vorbei, aber für mich bleibt er der Junge auf dem Bild, verstehen Sie?«
»Gewiß, gewiß«, sagte Dr. Graham und fragte sich, wie lange die alte Dame brauchen werde, um aufs Eigentliche zu kommen.
»Er sah sich das Foto eben an, als ganz plötzlich diese netten Leute dazwischenkamen, die Blumen und Schmetter-

linge sammeln, Oberst Hillingdon und Frau, glaube ich ...«
»Ach ja, die Hillingdons und die Dysons.«
»Ja, die. Sie waren auf einmal da, setzten sich zu uns und bestellten Drinks, und dann plauderten wir alle miteinander. Es war sehr nett. Aber dabei muß Major Palgrave irrtümlich mein Foto zu seinen Sachen in die Brieftasche gesteckt haben. Ich habe nicht darauf geachtet, aber als es mir später einfiel, nahm ich mir fest vor, Denzils Bild vom Major wieder zurückzuverlangen. Noch gestern nacht, während die Kapelle spielte und die Leute tanzten, habe ich daran gedacht, aber ich wollte nicht stören, es war eine so fröhliche Gesellschaft, und so verschob ich's auf den nächsten Tag. Aber heute morgen –« Miss Marple machte eine atembedingte Pause.
»Aha«, sagte Dr. Graham, »ich bin im Bilde. Sie möchten Ihr Foto natürlich zurückhaben, das ist es doch?«
Miss Marple nickte mit lebhafter Zustimmung.
»So ist es! Wissen Sie, ich habe nur dieses eine Bild, und das Negativ ist verlorengegangen. Ich würde nur sehr ungern auf dieses Foto verzichten, denn der arme Denzil ist vor einigen Jahren gestorben. Er war mein Lieblingsneffe, und ich habe kein anderes Erinnerungsfoto von ihm. Nun ja, und da habe ich eben gehofft – ich meine, wäre es zu lästig von mir, darum zu bitten, ob Sie mir vielleicht wieder dazu verhelfen könnten? Ich weiß wirklich nicht, wen ich sonst darum ersuchen könnte, verstehen Sie? Ich weiß ja nicht einmal, wer sich um den ganzen Nachlaß kümmern wird, das ist alles so schwierig. Diese fremden Leute würden ja gar nicht verstehen, was mir dieses Foto bedeutet!«
»Aber freilich, natürlich«, sagte Graham. »Ich verstehe Sie voll und ganz, das ist ein ganz natürliches Gefühl. Ich muß ohnehin noch heute Behördengänge erledigen. Morgen findet das Begräbnis statt, und da kommt noch jemand von der Verwaltungsbehörde, um alle Papiere und Effekten aufzunehmen, ehe die Angehörigen ver-

ständigt werden. Können Sie mir dieses Foto beschreiben?«
»Es ist nur die Vorderfront eines Hauses«, sagte Miss Marple. »Und jemand – ich meine Denzil – kommt gerade aus der Tür. Wie gesagt, es wurde von einem anderen Neffen geknipst, einem Blumenliebhaber – er wollte einen Hibiskus aufnehmen, glaube ich, oder eine von diesen schönen Lilien. Ja, und da kam zufällig Denzil aus dem Haus und mit auf das Bild. Keine sehr gute Aufnahme, ein wenig unscharf, aber ich hatte sie gern und trug sie immer bei mir.«
»Ich glaube, das genügt«, sagte Dr. Graham. »Wir werden Ihr Foto sicherlich ohne Schwierigkeiten zurückbekommen, Miss Marple.«
Er erhob sich, während Miss Marple zu ihm auflächelte.
»Das ist sehr freundlich von Ihnen, Dr. Graham, *wirklich* – sehr freundlich! Sie verstehen mich doch, nicht wahr?«
»Aber natürlich, gewiß doch«, sagte Dr. Graham und schüttelte ihr herzlich die Hand. »Seien Sie ganz unbesorgt! Und verschaffen Sie sich täglich etwas Bewegung wegen des Knies, aber nicht zuviel! Ich schicke Ihnen dann die Tabletten herüber. Dreimal täglich eine!«

5

Tags darauf wurde Major Palgrave beigesetzt. Miss Marple wohnte dem Trauergottesdienst zusammen mit Miss Prescott bei. Der Kanonikus hielt die Andacht – und dann nahm das Leben wieder seinen Lauf.
Schon war Major Palgraves Tod nur mehr ein Zwischenfall, ein unerfreulicher zwar, den man aber rasch wieder vergaß. Das Leben hier wurde vom Sonnenschein, vom Meer und von gesellschaftlichen Vergnügungen regiert. Ein grimmiger Besucher hatte diesen Ablauf unterbrochen, hatte seinen Schatten darauf geworfen, aber jetzt

war dieser Schatten verschwunden. Niemand war mit dem Verstorbenen näher bekannt gewesen. Man kannte ihn als älteren, mitteilsamen Mann vom Typ der langweiligen Clubmenschen, der in einem fort persönliche Erinnerungen auftischte, die keinen Menschen sonderlich interessierten. Eigentlich hatte er nirgends hingehört. Seine Frau war schon lange Jahre tot, und er selbst war so einsam gestorben, wie er gelebt hatte. Ja, Major Palgrave war einsam, aber doch auch recht fröhlich gewesen. Er hatte sich auf seine Weise unterhalten. Nun war er tot und begraben, was niemand sonderlich kümmerte, und nach einer weiteren Woche würde kaum noch jemand an ihn denken.

Nur Miss Marple vermißte ihn ein wenig. Durchaus nicht aus persönlicher Zuneigung, aber er hatte eine Art zu leben verkörpert, die sie kannte. Je älter man wird, desto mehr gewöhnt man sich ans Zuhören, überlegte sie. Vielleicht hatte sie ohne großes Interesse zugehört, aber zwischen ihr und dem Major hatte jener nette Gedankenaustausch zweier alter Leute bestanden, der menschlich so sympathisch ist. So betrauerte sie den Toten zwar nicht, aber er fehlte ihr.

Am Nachmittag nach dem Begräbnis – sie saß strickend an ihrem bevorzugten Platz - trat Dr. Graham auf sie zu. Sie legte die Nadeln weg und begrüßte ihn. Ohne weitere Einleitung sagte er in entschuldigendem Tonfall: »Leider muß ich Sie enttäuschen, Miss Marple.«

»Wirklich? Ist es wegen meines –«

»Jawohl. Wir haben das Ihnen so teure Foto nicht gefunden. Nun sind Sie wohl enttäuscht.«

»Ja, das stimmt. Aber *so* wichtig ist es natürlich wieder nicht. Manchmal ist man eben sentimental. Es war also nicht in Major Palgraves Brieftasche?«

»Nein. Auch nicht bei seinen anderen Sachen. Es gab da ein paar Briefe, Zeitungsausschnitte und dergleichen, auch einige alte Fotos, aber eine Aufnahme, wie Sie sie beschrieben haben, war nicht dabei.«

»Du meine Güte«, sagte Miss Marple. »Nun, da kann man nichts machen . . . Jedenfalls, besten Dank für Ihre Mühe, Dr. Graham!«
»Ach, das ist doch nicht der Rede wert! Ich weiß ja aus eigener Erfahrung, wie sehr man an solch altem Familienkram hängen kann, besonders wenn man in die Jahre kommt.«
Eigentlich nimmt es die alte Dame recht gut auf, dachte er. Wahrscheinlich hat Major Palgrave das Foto in seiner Brieftasche gefunden, nichts damit anzufangen gewußt und es zerrissen.
Für die alte Dame war das natürlich ein Verlust, aber sie schien ihn mit Fassung zu tragen.
In Wirklichkeit war Miss Marple weit davon entfernt, es mit Fassung zu tragen. Es dauerte eine Weile, bis sie sich alles zurechtgelegt hatte, aber sie war fest entschlossen, jede noch verbliebene Möglichkeit zu nutzen.
Ohne Umschweife begann sie Dr. Graham in eine lebhafte Konversation zu verstricken. Und er, der diesen Redestrom der natürlichen Einsamkeit einer alten Dame zuschrieb, war bemüht, ihre Gedanken von dem Verlust des Fotos abzulenken, indem er gewandt über das Leben in St. Honoré plauderte und verschiedene interessante Örtlichkeiten aufzählte, die Miss Marple vielleicht gerne besuchen würde. So wußte er selbst kaum, auf welche Weise sie plötzlich wieder auf Major Palgraves Tod zurückgekommen waren.
»Ist es nicht traurig«, sagte Miss Marple, »zu erleben, daß ein Mensch so fern von der Heimat stirbt! Obwohl, nach dem zu schließen, was er mir erzählt hat, besaß er ja keine Familie im eigentlichen Sinn. Er scheint auch in London allein gelebt zu haben.«
»Ich glaube, er ist ziemlich viel gereist«, sagte Dr. Graham. »Besonders im Winter. Er hatte etwas gegen den englischen Winter, und da kann ich ihm gar nicht so unrecht geben.«
»Nein, ganz gewiß nicht!« sagte Miss Marple. »Und viel-

leicht hatte er auch einen triftigen Grund, eine schwache Lunge oder so etwas.«
»Das glaube ich nicht.«
»Wie ich hörte, litt er an hohem Blutdruck. Traurig, das kommt heutzutage so häufig vor.«
»Hat er das Ihnen gegenüber erwähnt?«
»O nein, *er* hat es nie erwähnt. Das hat mir jemand anderer gesagt.«
»Aha!«
»Unter diesen Umständen«, fuhr Miss Marple fort, »war sein Tod wohl zu erwarten.«
»Nicht unbedingt«, sagte Dr. Graham. »Man hat heute Methoden, den Blutdruck unter Kontrolle zu halten.«
»Sein Tod kam sehr überraschend – aber ich nehme an, nicht für *Sie*.«
»Nun, besonders überrascht hat es mich bei einem Mann dieses Alters nicht. Aber ich kann auch nicht sagen, daß ich seinen Tod erwartet habe. Mir schien er noch recht gut erhalten zu sein, ich habe ihn aber nie behandelt, nie seinen Blutdruck gemessen oder eine Diagnose gestellt.«
»Kann man – ich meine, kann ein *Arzt* mit einem Blick den zu hohen Blutdruck eines Patienten erkennen?« fragte Miss Marple mit taufrischer Unschuld.
»Nicht mit einem Blick«, sagte der Arzt lächelnd. »Da muß man schon ein wenig untersuchen.«
»Ach, ich weiß schon, mit diesem schrecklichen Ding, bei dem man einen Gummischlauch um den Arm bekommt, der aufgepumpt wird – ich mag das *gar* nicht! Aber mein Arzt sagte, daß mein Blutdruck wirklich ganz normal sei.«
»Das hört man gern«, sagte Dr. Graham.
»Natürlich, eine große Vorliebe für Plantagen-Punsch hatte der Major *schon*«, sagte Miss Marple nachdenklich.
»Ja. Nicht sehr angebracht bei hohem Blutdruck.«
»Ich habe gehört, man nimmt Pillen dagegen, nicht wahr?«
»Jawohl, es sind mehrere Präparate auf dem Markt. In seinem Zimmer stand ein Fläschchen davon – Serenit.«

»Die Wissenschaft ist heute wirklich schon sehr weit«, sagte Miss Marple. »Die Ärzte können so viel tun, nicht?«
»Wir haben alle einen großen Konkurrenten«, sagte Dr. Graham, »das ist die Natur selbst, wissen Sie. Und einige von den guten alten Hausmitteln kommen von Zeit zu Zeit wieder.«
»Meinen Sie auch das Auflegen von Spinnweben auf eine Wunde?« fragte Miss Marple. »In meiner Kindheit haben wir das immer getan!«
»Sehr vernünftig«, sagte Dr. Graham.
»Und dann der Leinsamenwickel und das Einreiben mit Kampferöl bei starkem Husten!«
»Ich sehe, Sie kennen sie alle!« sagte Dr. Graham lachend. Er stand auf. »Wie geht's dem Knie? Was machen die Beschwerden?«
»Ach, die sind sehr viel besser geworden.«
»Nun, vielleicht war's die Natur, vielleicht waren es meine Tabletten«, sagte Dr. Graham. »Tut mir nur leid, daß ich Ihnen in der anderen Sache nicht helfen konnte.«
»Aber Sie waren doch so nett – ich schäme mich wirklich, Ihre Zeit so zu beanspruchen. Sagten Sie nicht, es seien keine Fotos in der Brieftasche des Majors gewesen?«
»Doch, doch – ein sehr altes von ihm selbst als ganz junger Mann auf einem Polopony, und eines mit einem erlegten Tiger, auf den er gerade den Fuß setzt. Bilder dieser Art, Erinnerungsfotos eben. Ich habe sehr genau nachgesehen, aber das von Ihnen beschriebene war bestimmt nicht dabei.«
»Aber ich glaube Ihnen das aufs Wort, so hab' ich es auch nicht gemeint! Es hat mich nur interessiert – wir haben doch alle den Hang, solches Zeug aufzubewahren . . .«
»Ja, ja, o Jugendzeit, wie bist du weit«, sagte der Arzt lächelnd. Damit verabschiedete er sich und ging.
Allein geblieben, blickte Miss Marple nachdenklich auf die Palmen und das Meer hinaus. Erst nach Minuten nahm sie ihr Strickzeug wieder auf. Sie hatte jetzt Gewißheit erhalten, und sie mußte nachdenken. Das Foto, das

der Major so eilig in seine Brieftasche zurückgesteckt hatte, war nach seinem Tode nicht mehr da. Undenkbar, daß er es fortgeworfen haben könnte. Er hatte es in seine Brieftasche gesteckt, und dort hätte es nach seinem Tode sein müssen. Geld, das konnte gestohlen werden. Aber niemand würde ein Foto stehlen – außer, jemand hatte bestimmte Gründe ...

Miss Marples Miene war ernst. Es galt jetzt, einen Entschluß zu fassen. Sollte sie Major Palgraves Grabesfrieden stören oder nicht? Sollte sie alles lassen, wie es war? Leise sagte sie vor sich hin: »Duncan sank in sein Grab. Sanft schläft er nach des Lebens Fieberschauern!« Auch Major Palgrave war dorthin gegangen, wo keine Gefahr mehr drohen konnte. War er nur aus Zufall gerade in dieser Nacht gestorben, oder war es *kein* Zufall? Die Ärzte nahmen den Tod älterer Leute so leicht in Kauf. Und überdies hatte im Sterbezimmer noch jenes Fläschchen mit Pillen gestanden, wie sie Leute mit hohem Blutdruck täglich nehmen mußten! Hatte aber jemand das Foto aus des Majors Brieftasche entwendet, so konnte er genausogut dieses Fläschchen ins Zimmer gestellt haben! Niemals hatte der Major vor ihr irgendwelche Pillen genommen, niemals von seinem Blutdruck gesprochen. Nur das eine hatte er gesagt: er fühle sich nicht mehr so jung wie früher. Auch war er gelegentlich ein wenig kurzatmig gewesen, asthmatisch – aber sonst? Und doch, irgend jemand hatte von Major Palgraves hohem Blutdruck gesprochen – war es Molly gewesen? Oder Miss Prescott? Sie kam nicht darauf.

Miss Marple seufzte. Ohne es auszusprechen, sagte sie zu sich: »Nun, Jane, was schlägst du vor, was denkst du? Bildest du dir das Ganze vielleicht nur ein? Worauf kannst du dich *wirklich* stützen?«

Satz um Satz, so genau sie es vermochte, ging sie ihr Gespräch, das sie mit dem Major über Morde und Mörder geführt hatte, nochmals durch.

»Ach du meine Güte!« sagte sie schließlich. »Selbst *wenn* –

ich sehe keine Möglichkeit, wie ich in dieser Sache etwas tun könnte!«
Aber eines wußte sie: sie würde es versuchen.

6

Miss Marple erwachte früh am Morgen. Wie so viele alte Leute, schlief auch sie nur leicht und lag oftmals wach, wobei sie über dies und jenes nachdachte, das am folgenden oder an einem der nächsten Tage geschehen sollte. Aber diesmal lag Miss Marple da und dachte nüchtern und folgerichtig über einen Mord nach, über ihren Verdacht und darüber, was sie unternehmen konnte. Es war nicht leicht! Sie besaß nur eine einzige Waffe: ihre Konversation. Alte Damen hatten für gewöhnlich einen Hang zur Weitschweifigkeit. Das langweilte die Leute zwar, aber keiner würde dahinter besondere Motive vermuten. Es kam also nicht darauf an, direkte Fragen zu stellen – welche Fragen hätte sie auch stellen sollen! –, sondern es konnte sich nur darum handeln, über gewisse Personen mehr herauszufinden. In den Gedanken ging sie diese gewissen Personen durch.
Vielleicht konnte man etwas mehr über den Major selbst herausfinden. Aber würde ihr das helfen? Kaum! War Major Palgrave tatsächlich ermordet worden, so bestimmt nicht wegen irgendwelcher Geheimnisse in seinem Leben. Auch nicht, damit jemand ihn beerben oder sich an ihm rächen könne. Nein, dies war tatsächlich einer der seltenen Fälle, in denen eine genauere Kenntnis des Opfers nichts half. Der einzige Punkt von Bedeutung war, wie sie glaubte, der Umstand, daß der Major zu viel geredet hatte!
Sie hatte von Dr. Graham eine wirklich interessante Tatsache erfahren. Der Major hatte in seiner Brieftasche mehrere Fotos gehabt: eines von ihm selbst mit einem Po-

lopony, eines mit einem toten Tiger und noch ein paar Aufnahmen ähnlicher Art. Warum wohl hatte Major Palgrave gerade diese Fotos bei sich getragen? Offenbar, so dachte Miss Marple auf Grund ihrer langen Erfahrung mit alten Admiralen, Brigadegenerälen und einfachen Majoren, weil er den Leuten immer wieder ganz bestimmte Geschichten erzählt hatte! Er fing an mit »Einmal, als ich in Indien auf Tigerjagd war, geschah etwas Merkwürdiges . . .« Oder er gab eine Erinnerung an ein Polopony zum besten. Und ebenso würde er seine Geschichte über einen mutmaßlichen Mörder im gegebenen Moment unfehlbar durch das betreffende Foto aus seiner Brieftasche illustriert haben.
Auch bei seinem letzten Gespräch mit ihr war er nach diesem Schema verfahren. Kaum war die Rede auf das Verbrechen des Mordes gekommen, hatte er auch schon, um das Interesse zu wecken, das getan, was er zweifellos immer getan hatte, nämlich sein Foto hervorgezogen und einen Kommentar dazu gegeben: »Würden Sie glauben, daß das ein Mörder ist?«
Der Angelpunkt war das Gewohnheitsmäßige daran. Diese Mördergeschichte mußte zu des Majors regelmäßigem Repertoire gehört haben. Sobald das Wort »Mord« fiel, kam er auf Touren.
Also, überlegte Miss Marple weiter, mußte er diese Geschichte *schon* jemand anderem erzählt haben. Oder sogar mehreren. War das der Fall, dann konnte sie vielleicht von den Betreffenden die weiteren Einzelheiten erfahren. Ja, vielleicht sogar, wie der Mann auf dem Foto aussah!
Befriedigt nickte sie. Das war ein Anfang!
Vor allem kamen die Leute in Betracht, die sie als die »vier Verdächtigen« bezeichnete. Eigentlich waren es nur zwei, da Major Palgrave von einem *Mann* gesprochen hatte: Oberst Hillingdon und Mr. Dyson. Sie sahen zwar keineswegs wie Mörder aus, aber wer sah schon so aus! Konnte es ein Dritter sein? Als sie den Kopf gedreht hatte, war niemand zu sehen gewesen. Nur Mr. Rafiels Bunga-

low. Konnte jemand aus diesem Bungalow gekommen und wieder darin verschwunden sein, noch ehe sie Zeit gefunden hatte, sich umzublicken? Wenn ja, dann konnte das nur der Diener gewesen sein. Wie hieß er gleich? Ach ja, Jackson. Konnte er es gewesen sein? Dann wäre es die gleiche Pose gewesen wie auf dem Foto: *ein Mann, der aus der Tür trat.* Diese Gleichheit konnte der Major, der bis dahin den Kammerdiener Arthur Jackson kaum beachtet haben mochte, tief beeindruckt haben! Angenommen, Jackson war vorher für ihn ein Nichts gewesen – und dann hatte der Major dieses Foto in der Hand und über Miss Marples rechte Schulter hinweg plötlich die lebensgetreue Szene vor Augen gehabt? ... Miss Marple wälzte sich herum. Das Programm für morgen – oder vielmehr für heute – stand fest: es galt, Näheres über die Hillingdons, die Dysons und über Arthur Jackson, den Diener, zu erfahren.

Auch Dr. Graham erwachte zeitig am Morgen. Sonst pflegte er sich in diesem Fall umzudrehen und weiterzuschlafen. Heute aber ließ ihn eine merkwürdige Unruhe keinen Schlaf mehr finden. Er fragte sich nach dem Grund dieser Unruhe, konnte aber keine Antwort finden. So lag er und dachte darüber nach. Es hatte etwas zu tun – etwas zu tun – – ja, mit Major Palgrave. War es dessen Tod? Was hätte ihn daran beunruhigen sollen? War es etwas, was die schwatzhafte alte Dame gesagt hatte? Das Mißgeschick mit dem Foto hatte sie recht gut hingenommen. Aber was war es nur, das sie gesagt hatte, welches Stichwort von ihr hatte seine Unruhe ausgelöst? Schließlich war am Tode des Majors nichts Verdächtiges. Gar nichts. Zumindest glaubte Dr. Graham, daß es da nichts Verdächtiges gebe. Bei dem Gesundheitszustand des Majors war es doch klar – ja, *was* war eigentlich klar? Was wußte er schon von Major Palgraves Gesundheitszustand? Jedermann *redete* nur von dem hohen Blutdruck des Majors. Aber Dr. Graham selbst hatte niemals mit ihm darüber gesprochen, wie er ja überhaupt vermieden hatte, viel mit

ihm in Berührung zu kommen. Denn Palgrave war nichts als ein langweiliger alter Kerl. Weshalb machte er sich nun Gedanken über die näheren Umstände dieses Todesfalls? War die alte Dame daran schuld? Aber die hatte doch gar nichts *gesagt*! Jedenfalls, was ging ihn das Ganze an, wenn sogar die Behörde alles in Ordnung fand? Die Flasche mit den Serenit-Tabletten hatte im Zimmer gestanden, und der alte Herr schien ganz offen mit den Leuten über seinen hohen Blutdruck gesprochen zu haben.
Dr. Graham drehte sich um und schlief weiter.

Außerhalb des Hotelgeländes, in einer der Bretterhütten am Flußufer, setzte das Mädchen Victoria Johnson sich im Bett auf. Sie war ein prächtiges Geschöpf mit einem Torso wie aus schwarzem Marmor gehauen. Während sie sich durch ihr schwarzes Haar strich, stieß sie ihren Schlafgenossen an.
»Wach auf, Mann!«
Der grunzte und drehte sich herum.
»Was ist denn? 's ist doch noch Zeit!«
»Aufwachen sollst du! Ich will mit dir reden!«
Er richtete sich auf und streckte sich gähnend.
»Also, was hast du denn?«
»'s ist wegen des Majors, der gestorben ist. Etwas gefällt mir nicht daran – etwas stimmt da nicht.«
»Ach, laß doch! Was soll da schon sein. Er war eben alt, und jetzt ist er tot.«
»So hör doch zu, Mann! Es ist wegen der Pillen, nach denen mich der Doktor gefragt hat.«
»Was ist damit? Vielleicht hat er zu viele davon genommen?«
»Nein, das ist es nicht. Hör zu!« Sie lehnte sich zu ihm hinüber und sprach heftig auf ihn ein. Er aber gähnte nur und ließ sich wieder zurückfallen.
»Ich weiß nicht, was du willst, da ist doch nichts dran!«
»Egal, ich werd' heute aber doch mit Mrs. Kendal darüber reden. Ich hab' das Gefühl, daß etwas da faul ist.«

»Ach, laß doch«, sagte der Mann, den sie ohne die erforderliche Zeremonie als ihren derzeit rechtmäßigen Gatten betrachtete. »Das gibt nur Scherereien.« Dann wälzte er sich gähnend wieder auf seine Schlafseite.

7

Es war vormittags, die Gäste waren am Hotelstrand.
Evelyn Hillingdon tauchte eben aus dem Wasser und ließ sich in den warmen gelben Sand fallen. Sie nahm ihre Badehaube ab und schüttelte kräftig ihren Kopf. Der Strand war nur klein, und die Leute kamen hier am Vormittag gern zusammen. Gegen halb zwölf gab es immer so etwas wie ein Gesellschaftstreffen.
Links von Evelyn lag in einem der exotisch wirkenden modernen Korbstühle Señora de Caspearo, eine hübsche Venezolanerin. Nahebei lag der Doyen des Golden Palm, Mr. Rafiel, und führte ein Regiment, wie nur ein alter Invalide mit großem Vermögen es führen konnte. Esther Walters hielt sich zu seiner Verfügung. Gewöhnlich hatte sie Notizblock und Bleistift mit, für den Fall, daß Mr. Rafiel dringende Geschäftstelegramme abzusenden wünschte. Mr. Rafiel in Strandaufmachung wirkte unglaublich ausgedörrt, die trockene Haut hing ihm wie Girlanden um die Knochen. Obwohl er aussah wie ein Mann an der Schwelle des Grabes, war dieses Aussehen während der letzten acht Jahre unverändert geblieben. So wurde zumindest behauptet. Die blauen Augen blickten noch immer scharf aus dem zerknitterten Gesicht, und sein Hauptvergnügen bestand darin, alles, was die anderen sagten, strikt zu verneinen.
Auch Miss Marple war anwesend. Sie saß still da wie gewöhnlich, strickte, hörte zu und beteiligte sich gelegentlich an der Unterhaltung. Sooft sie das tat, waren alle überrascht, denn sie vergaßen für gewöhnlich ihre Anwe-

senheit. Evelyn Hillingdon betrachtete sie mit Nachsicht und verglich sie im stillen mit einer netten alten Katze.
Señora de Caspearo rieb noch mehr Sonnenöl auf ihre langen, attraktiven Beine und summte dazu. Sie redete nie viel. Jetzt blickte sie die Flasche mit dem Sonnenöl unzufrieden an.
»Es ist nicht so gut wie Frangipanio«, sagte sie traurig. »Aber das bekommt man hier nicht, leider!« Dann senkte sie wieder den Blick.
»Wollen Sie jetzt Ihr Bad nehmen, Mr. Rafiel?« fragte Esther Walters.
»Ich gehe, wenn's mir paßt«, sagte Mr. Rafiel bissig.
»Es ist schon halb zwölf«, sagte Mrs. Walters.
»Na und?« knurrte Mr. Rafiel. »Glauben Sie, ich bin der Sklave meiner Uhr? Zur vollen Stunde das, zwanzig Minuten später jenes, vierzig Minuten später schon wieder was – bäh!«
Mrs. Walters hatte Mr. Rafiel lange genug betreut, um für den Umgang mit ihm ein eigenes Verfahren entwickelt zu haben. Da sie wußte, daß er sich gern Zeit nahm, um sich von der Anstrengung des Badens zu erholen, hatte sie ihn an die Uhrzeit erinnert, dabei aber vorsorglich jene zehn Minuten einkalkuliert, die er brauchte, um ihren Vorschlag erst ablehnen und dann doch akzeptieren zu können, ohne das Gesicht zu verlieren.
»Ich kann diese Badeschuhe nicht ausstehen«, sagte Mr. Rafiel jetzt, indem er einen Fuß hob, um den Schuh anzusehen. »Ich hab' es diesem blöden Jackson gesagt, aber dem geht das bei einem Ohr hinein und beim anderen wieder hinaus!«
»Ich hole Ihnen andere, Mr. Rafiel.«
»Nein, das werden Sie nicht! Sie bleiben hier sitzen und sind still! Leute, die wie Gluckhennen herumtanzen, sind mir verhaßt!«
Evelyn bewegte sich ein wenig in dem warmen Sand und streckte die Arme.
Miss Marple, ganz in ihre Strickerei vertieft – zumindest

sah es so aus –, streckte einen Fuß aus und entschuldigte sich hastig.

»Oh, Verzeihung, Mrs. Hillingdon! Ich glaube, ich habe Sie getreten.«

»Ach, lassen Sie's gut sein«, sagte Evelyn. »Der Strand hier ist ziemlich voll.«

»Oh, oh, bitte, bleiben Sie doch, wo Sie sind! Ich rücke meinen Sessel ein Stückchen weg, dann passiert es gewiß nicht mehr!« Als Miss Marple sich wieder gesetzt hatte, redete sie in ihrer kindisch-geschwätzigen Art weiter.

»Es ist doch wirklich herrlich hier! Ich bin nämlich noch nie in Westindien gewesen, wissen Sie? Ich dachte immer, da würde ich nie hinkommen, und jetzt bin ich doch da. Und alles habe ich nur der Güte meines lieben Neffen zu verdanken. *Sie* kennen diesen Teil der Welt wohl sehr gut, nicht wahr, Mrs. Hillingdon?«

»Ich war schon ein- oder zweimal auf dieser Insel und natürlich auch auf den meisten anderen.«

»Aha! Wohl der Schmetterlinge und der wilden Blumen wegen? Sie und Ihre Freunde – oder sind's Verwandte?«

»Nur Freunde.«

»Und da sind Sie natürlich die meiste Zeit zusammen, weil Sie die gleichen Interessen haben!«

»Ja, wir reisen jetzt schon seit Jahren zusammen.«

»Da müssen Sie ja schon so manches Aufregende erlebt haben!«

»Kaum«, sagte Evelyn gelangweilt. »Das Aufregende scheint immer den anderen zu passieren.« Sie gähnte.

»Keine gefährlichen Begegnungen mit Schlangen, wilden Tieren oder bösartigen Eingeborenen?«

›Die muß mich für schön blöd halten‹, dachte Miss Marple.

»Höchstens Insektenstiche«, versicherte Evelyn.

»Es ist nur, weil der arme Major Palgrave, wissen Sie, einmal von einer Schlange gebissen wurde«, sagte Miss Marple, indem sie damit eine frei erfundene Behauptung aufstellte.

»Ach – ja?«
»Hat er Ihnen nie davon erzählt?«
»Möglich. Ich erinnere mich nicht daran.«
»Ich nehme an, Sie haben ihn gut gekannt, nicht wahr?«
»Major Palgrave? Nein, nur flüchtig.«
»Er wußte immer so interessante Geschichten zu erzählen!«
»Gräßlich, so ein fader alter Tropf«, sagte Mr. Rafiel. »Und blöd noch dazu! Hätt' er ordentlich aufgepaßt auf sich, dann hätte er nicht sterben müssen.«
»Aber, aber, Mr. Rafiel«, sagte Mrs. Walters.
»Ich weiß, was ich sage! Passen Sie auf Ihre Gesundheit auf, und es wird Ihnen überall gutgehen. Sehen Sie *mich* an, mich haben die Ärzte schon vor Jahren aufgegeben. Auch recht, sagte ich mir, da lebe ich eben nach meinen eigenen Gesundheitsregeln! Na bitte, da bin ich!« Er blickte stolz um sich. Und es grenzte ja auch an ein Wunder, daß er noch da war.
»Aber der arme Major Palgrave hatte zu hohen Blutdruck«, sagte Mrs. Walters.
»Blödsinn!« widersprach Mr. Rafiel.
»Aber er hatte ihn wirklich«, sagte Mrs. Hillingdon plötzlich und mit unerwartetem Nachdruck.
»Wer sagt das?« bestritt Mr. Rafiel. »Hat er selbst es Ihnen gesagt?«
»Irgend jemand hat es gesagt.«
»Er hatte ein so rotes Gesicht«, bekräftigte Miss Marple.
»Das besagt gar nichts«, sagte Mr. Rafiel. »Und hohen Blutdruck hat er auf keinen Fall gehabt, das weiß ich von ihm persönlich.«
»Was soll das heißen?« fragte Mrs. Walters. »Seit wann erzählt man den Leuten, was man *nicht* hat?«
»Warum nicht? Einmal, als er wieder einen Plantagen-Punsch um den andern in sich hineingoß und sich mit Fressalien vollstopfte, riet ich ihm, Diät zu halten und weniger zu saufen. Dabei sagte ich ausdrücklich: ›In Ihrem Alter müssen Sie an Ihren Blutdruck denken!‹ Und bei

dieser Gelegenheit sagte er mir, er sei in diesem Punkt ganz unbesorgt, denn sein Blutdruck sei für sein Alter ganz normal.«

»Aber er nahm doch irgendwelche Pillen«, warf Miss Marple abermals ein. »Wie hießen sie gleich – warten Sie – war es nicht Serenit?«

»Also, *ich* glaube *nicht*«, sagte Mrs. Hillingdon, »daß er irgendein Leiden zugegeben hätte! Er gehörte zu den Leuten, die aus Angst vor der Krankheit die Krankheit verleugnen.«

Für Evelyn Hillingdon war es eine lange Rede gewesen. Nachdenklich blickte Miss Marple auf den dunklen Scheitel nieder.

»Der Fehler liegt darin«, erklärte Mr. Rafiel kategorisch, »daß jedermann so brennend gern die Krankheiten des anderen wissen will. Als ob man über fünfzig unbedingt an übermäßigem Blutdruck, an Coronarthrombose oder sonst etwas sterben müßte! Quatsch! Wenn mir jemand sagt, er fühle sich gesund, dann glaube ich es ihm auch! Ein Mensch muß doch über seine eigene Gesundheit Bescheid wissen! – *Wie* spät ist es? Viertel vor zwölf? Da hätte ich doch schon längst im Wasser sein sollen! Warum erinnern Sie mich nicht rechtzeitig daran, Esther?«

Mrs. Walters widersprach nicht. Sie stand auf und war Mr. Rafiel behilflich. Dann gingen sie zusammen den Strand hinunter, wobei sie ihn vorsichtig stützte. Gemeinsam wateten sie ins Wasser.

Señora de Caspearo öffnete die Augen und murmelte: »Wie ekelhaft doch diese alten Männer sind! Sie gehören alle schon mit vierzig umgebracht – oder besser schon mit fünfunddreißig!«

Edward Hillingdon und Gregory Dyson kamen an den Strand herunter.

»Wie ist das Wasser, Evelyn?«

»So wie immer.«

»Es ändert sich nicht sehr, was? Wo ist Lucky?«

»Keine Ahnung«, sagte Evelyn.
Wieder blickte Miss Marple nachdenklich auf den dunklen Kopf hinunter.
»Also, ich werde jetzt meine Walimitation vorführen!« sagte Gregory. Er warf sein grellbunt gemustertes Bermudahemd ab, lief auf das Wasser zu, warf sich prustend hinein und begann zu kraulen. Edward Hillingdon setzte sich zu seiner Frau in den Sand und fragte: »Gehst du auch noch mal mit mir hinein?«
Sie lächelte, zog ihre Badehaube über, und dann schritten die beiden auf weit weniger spektakuläre Weise als Gregory den Strand hinunter.
Señora de Caspearo öffnete wieder die Augen.
»Zuerst habe ich geglaubt, diese zwei sind auf Hochzeitsreise. Er ist so nett zu ihr. Aber ich höre, sie sind verheiratet schon acht, neun Jahre. Das ist unglaublich, nicht?«
»Wo mag wohl Mrs. Dyson stecken?« fragte Miss Marple.
»Die? Die ist bei einem Mann.«
»*Glauben Sie?*«
»Das ist ganz sicher«, sagte Señora de Caspearo. »Sie ist so ein Typ. Aber sie ist nicht mehr jung – ihr Mann, er sieht sich schon anderswo um. Er versucht sein Glück – da, dort, immerfort. Ich weiß es.«
»O ja«, sagte Miss Marple, »ich hab' mir gedacht, daß Sie das wissen werden!«
Señora de Caspearo warf ihr einen überraschten Blick zu. Von dieser Seite hatte sie so etwas zuallerletzt erwartet. Aber Miss Marple blickte voll freundlicher Unschuld auf die Wellen hinaus.

»Darf ich auf ein Wort hineinkommen, Mrs. Kendal?«
»Aber bitte«, sagte Molly. Sie saß im Büro an ihrem Schreibtisch.
Victoria Johnson, die in ihrer flotten weißen Arbeitskleidung besonders groß und vital wirkte, trat ein und schloß die Tür hinter sich.
»Ich hätte Ihnen gern etwas gesagt, Mrs. Kendal.«

»Ja? Was gibt es? Ist irgendwas passiert?«
»Das ist es ja – ich weiß es nicht sicher. Ich komme wegen des alten Herrn, der gestern im Schlaf gestorben ist.«
»Ja, ja. Was ist mit ihm?«
»In seinem Zimmer war ein Fläschchen mit Pillen. Der Doktor hat mich danach gefragt.«
»Ja, und?«
»Er sagte ›Laß mal sehen, was er hier auf dem Badezimmerbord stehen hat‹. Dann sah er nach. Es war Zahnpulver dort, und Verdauungspillen, und Aspirin, und Cascarapillen. Und dann eben diese Pillen in dem Fläschchen, auf dem ›Serenit‹ stand.«
»Ja, und?« wiederholte Molly.
»Der Doktor schaute sie an und nickte ganz zufrieden. Aber später fiel mir ein, daß diese Pillen früher nicht dort waren. Ich hab' sie nie vorher im Badezimmer gesehen. Die anderen ja. Das Zahnpulver, das Aspirin, das Rasierwasser und alles andere. Aber diese Serenit-Pillen hab' ich nie vorher bemerkt.«
»Und da glaubst du –« Molly sah recht verdutzt drein.
»Ich weiß nicht, was ich glauben soll«, sagte Victoria. »Mir kam's nur merkwürdig vor, und so dachte ich, ich sag's Ihnen lieber. Vielleicht fragen Sie den Doktor? Vielleicht hat es was zu bedeuten? Vielleicht hat jemand diese Pillen hingestellt, damit der Major sie nimmt und daran stirbt?«
»Oh, das ist aber *sehr* unwahrscheinlich!« sagte Molly.
Victoria schüttelte ihren schwarzen Kopf. »Man kann nie wissen. Die Leute tun oft so böse Dinge.«
Molly blickte aus dem Fenster. Da draußen sah alles paradiesisch aus. Der Sonnenschein, die See, das Korallenriff, die Musik, der Tanz – ganz, als wäre es der Garten Eden. Freilich, auch dort hatte es einen Schatten gegeben – den Schatten der Schlange. »So böse Dinge« – wie abscheulich diese Worte klangen!
»Ich werde dem nachgehen, Victoria«, sagte sie scharf. »Du kannst ganz beruhigt sein. Aber fang nur ja nicht an, das herumzuerzählen!«

Eben als Victoria sich widerstrebend aus dem Raum drückte, kam Tim Kendal herein.
»Ist was passiert, Molly?«
Sie zögerte – aber da Victoria mit ihrer Geschichte auch zu ihm kommen konnte, erzählte sie ihm das Ganze.
»Ich versteh' dieses Geschwätz nicht! Wogegen sind denn diese Pillen überhaupt?«
»Ja, das weiß ich nun wirklich nicht, Tim. Als Dr. Robertson hier war, sagte er, sie hätten etwas mit dem Blutdruck zu tun.«
»Na, dann ist doch alles klar, nicht? Wenn er hohen Blutdruck hatte, mußte er etwas dagegen nehmen. Das hab' ich oft genug bei anderen Leuten gesehen.«
»Ja, schon«, sagte Molly zögernd. »Aber Victoria scheint zu glauben, er könne an diesen Tabletten gestorben sein.«
»Aber Liebling, das klingt reichlich melodramatisch! Du meinst, jemand habe seine Blutdruckpillen gegen etwas anderes ausgetauscht, um ihn zu vergiften?«
»Ich weiß, es klingt absurd, wenn man es so sagt«, meinte Molly entschuldigend. »Aber das scheint Victoria zu glauben.«
»Dummheiten! Wir können ja Dr. Graham danach fragen, er wird uns sicher Auskunft geben. Aber es klingt so unsinnig, daß ich ihn damit lieber nicht belästigen würde.«
»Das glaub' ich auch.«
»Wie kommt das Mädchen überhaupt darauf zu glauben, jemand habe andere Pillen in die Flasche getan?«
»Das hab' ich nicht ganz mitgekriegt«, sagte Molly ratlos. »Victoria scheint zu glauben, die Serenitflasche sei vorher nicht dort gewesen.«
»Unsinn«, sagte Tim Kendal. »Er mußte doch täglich diese Tabletten nehmen, um den Blutdruck unten zu halten!« Dann ging er mit unvermindert guter Laune hinaus, um mit Fernando, dem *maître d' hôtel,* zu sprechen.

Aber für Molly war die Sache nicht so leicht abgetan. Nachdem der Trubel des Mittagessens vorüber war, sagte sie zu Tim: »Du, ich hab' mir gedacht, ehe Victoria Gerüchte verbreitet, ob es da nicht besser wäre, jemanden zu fragen?«

»Mein liebes Kind, Robertson und all die anderen haben doch alles längst überprüft und auch die nötigen Fragen gestellt!«

»Ja, aber du weißt doch, wie es ist, wenn so ein Mädchen sich in etwas hineinredet.«

»Also gut! Weißt du was? Wir fragen Graham. Er wird es uns erklären.«

Dr. Graham saß lesend in seiner Loggia. Das junge Paar trat ein, und Molly begann ihr Anliegen vorzutragen. Da sie das etwas zusammenhanglos tat, schaltete Tim sich ein.

»Es klingt nicht sehr vernünftig«, sagte er entschuldigend, »aber soviel *ich* verstehe, hat dieses Mädchen sich in den Kopf gesetzt, jemand habe in die Flasche mit dem Seradingsda Gifttabletten hineingetan.«

»Aber wie kommt sie darauf?« fragte Dr. Graham. »Hat sie etwas gesehen oder gehört?«

»Keine Ahnung«, sagte Tim unschlüssig. »War es eine andere Flasche, Molly?«

»Nein«, sagte Molly. »Sie sagte doch, auf dem Etikett habe Seven – Seren –«

»Serenit stand drauf«, sagte der Doktor. »Das stimmt ja auch, das ist ein ganz bekanntes Präparat. Er hat es regelmäßig genommen.«

»Aber Victoria sagte, sie habe es nie vorher in seinem Zimmer bemerkt!«

»Nie vorher in seinem Zimmer bemerkt?« fragte Dr. Graham scharf. »Was soll das heißen?«

»Nun, das hat sie *gesagt*. Sie zählte auf, was alles auf dem Badezimmerbord stand: Zahnpulver, Aspirin, Rasierwasser und so weiter. Sie hat das nur so heruntergeschnurrt. Wahrscheinlich kennt sie vom täglichen Aufräumen alles

auswendig. Aber dieses Serenit hatte sie bis zu dem Tag nach seinem Tode *nicht* gesehen.«
»Das ist sehr merkwürdig«, sagte Dr. Graham mit Nachdruck. »Ist das *sicher*?«
Der ungewohnt scharfe Tonfall bewirkte, daß beide Kendals den Doktor anblickten. Eine solche Reaktion hatten sie nicht erwartet.
»Ja, es klang, als wäre sie ganz sicher«, sagte Molly langsam.
»Vielleicht wollte sie sich nur interessant machen«, wandte Tim ein.
»Am besten ist es wohl, ich spreche selbst mit dem Mädchen«, meinte Dr. Graham.
Es bereitete Victoria sichtliches Vergnügen, ihre Geschichte erzählen zu dürfen.
»Ich möchte da in keine Schwierigkeiten kommen«, sagte sie.
»*Ich* hab' die Flasche bestimmt nicht hingestellt, und ich weiß auch nicht, wer's getan hat.«
»Aber Sie glauben, daß sie hingestellt *wurde*?« fragte Dr. Graham.
»Ja – wenn sie vorher nicht dort war, *muß* sie wohl hingestellt worden sein!«
»Hätte Major Palgrave sie nicht in einer Lade oder in einem Handkoffer aufbewahren können?«
Victoria schüttelte mit schlauer Miene den Kopf.
»Warum denn? Wo er doch die Pillen die ganze Zeit nehmen mußte?«
»Tja«, sagte Dr. Graham widerstrebend, »nehmen mußte er sie mehrmals täglich. Und Sie haben nie gesehen, daß er so etwas eingenommen hat?«
»Er hat das Fläschchen vorher nie dort gehabt! Und weil man sich erzählt, daß das Zeug etwas mit seinem Tod zu tun haben soll, hab' ich geglaubt, daß es vielleicht jemand, der ihn umbringen wollte, hingestellt hat.«
»Das ist Unsinn, Victoria«, sagte der Doktor grob. »Barer Unsinn!«

Victoria sah ganz perplex aus.
»Sie behaupten, das Zeug war Medizin, gute Medizin?« fragte sie voll Zweifel.
»Jawohl, gute Medizin, und, was noch mehr ist, notwendige Medizin«; sagte Dr. Graham. »Sie brauchen sich also keinerlei Sorgen zu machen. Ich versichere Ihnen, mit dieser Medizin war alles in Ordnung. Für einen Mann mit diesem Leiden war sie genau das Richtige.«
»Da haben Sie mir aber einen Stein vom Herzen genommen!« sagte Victoria, indem sie Dr. Graham mit ihren weißen Zähnen strahlend anlächelte.
Aber von Dr. Grahams Herz war kein Stein genommen. Seine am Morgen noch so vage Unruhe begann nun Gestalt anzunehmen.

8

»Hier ist es auch nicht mehr wie früher«, sagte Mr. Rafiel giftig, als er der näher kommenden Miss Marple ansichtig wurde. »Auf Schritt und Tritt stolpert man über diese alten Gluckhennen. Was haben so alte Weiber nur in Westindien verloren?«
»Was schlagen Sie sonst vor?« fragte Esther Walters.
»Cheltenham«, schnappte Mr. Rafiel, »oder Bournemouth, oder Torquay, oder Llandridod Wells. Auswahl genug! *Das* mögen Sie – *dort* ist ihnen wohl!«
»Mein Gott, wie oft kann so eine alte Dame sich schon Westindien leisten!« sagte Esther. »Es geht nicht jedem so gut wie Ihnen.«
»Stimmt«, sagte Mr. Rafiel. »Reiben Sie mir es nur unter die Nase, schwach und krank, wie ich bin! Da, ich geh' schon bald aus dem Leim, und Sie mißgönnen mir jede Erleichterung! Und arbeiten tun Sie auch nichts – warum sind diese Briefe noch nicht getippt?«
»Ich habe keine Zeit.«

»Jetzt *haben* Sie aber Zeit, nicht wahr? Sie sind zur Arbeit hier, nicht zum Herumsitzen in der Sonne!«
›Hunde, die bellen, beißen nicht!‹ dachte Esther, die es wissen mußte, da sie schon seit Jahren für Mr. Rafiel arbeitete. Er hatte fast ständig Schmerzen, aber statt darüber zu jammern, machte er sich in bösartigen Bemerkungen Luft. So ließ sie ihn reden.
»Ein wunderschöner Sonnenuntergang, nicht wahr?« sagte Miss Marple und blieb bei ihnen stehen.
»Gewiß!« sagte Mr. Rafiel. »Deswegen sind wir ja hier!«
Miss Marple lachte gackernd.
»Sie nehmen es aber genau – das Wetter *ist* nun einmal für den Engländer eine beliebte Einleitung. – Man vergißt – o weh, jetzt hab' ich die falsche Wolle erwischt!« Sie stellte ihr Strickkörbchen auf den Gartentisch und steuerte auf ihren Bungalow zu.
»Jackson!« rief Mr. Rafiel.
Jackson erschien.
»Bringen Sie mich hinein«, befahl Mr. Rafiel, »und massieren Sie mich, bevor diese Gluckhenne wieder zurückkommt. Nützen tut's ohnehin nichts!« Er ließ sich aufhelfen und von seinem Masseur in den Bungalow führen. Esther Walters sah ihnen nach und wandte sich dann Miss Marple zu, die mit einem Wollknäuel zurückkam.
»Hoffentlich störe ich nicht?« sagte Miss Marple und setzte sich zu ihr.
»Nicht im geringsten«, sagte Esther Walters, »ich muß ohnehin gleich weg. Nur noch diese zehn Minuten, solange die Sonne untergeht.«
Freundlich begann Miss Marple zu schwatzen, während sie versuchte, sich über Esther Walters klarzuwerden. Keine auffallende Schönheit, aber sie könnte recht apart aussehen. Miss Marple fragte sich, weshalb Esther so wenig aus sich machte. Vielleicht hatte Mr. Rafiel das nicht gern – aber wahrscheinlich war es ihm völlig egal. Er war so sehr mit sich selbst beschäftigt, daß er seine Sekretärin nur dann bemerkte, wenn er sich von ihr vernachlässigt

fühlte. Außerdem pflegte Mr. Rafiel früh ins Bett zu gehen, so daß Mrs. Walters abends beim Tanz zur Musik dieser schrecklichen Kapelle sehr wohl hätte – jetzt war Miss Marple, die die ganze Zeit vergnügt über ihren Besuch in Jamestown redete, tatsächlich um das richtige Wort verlegen – *aufblühen,* das war es! Esther Walters hätte in den Abendstunden sehr wohl aufblühen können. Allmählich lenkte Miss Marple das Gespräch auf die Person Jacksons, doch hatte Esther Walters zu diesem Thema nur vage Angaben zu machen.
»Er ist sehr tüchtig«, sagte sie. »Ein gelernter Masseur.«
»Sicher ist er schon lange bei Mr. Rafiel?«
»O nein – seit neun Monaten vielleicht –«
»Ist er verheiratet?« bohrte Miss Marple vorsichtig.
»Verheiratet? Nicht, daß ich wüßte«, sagte Esther erstaunt. »Er hat es jedenfalls nie erwähnt. Ich würde sagen, nein, ganz bestimmt nicht.« Sie schien belustigt.
Und Miss Marple fügte im stillen ihre eigene Auslegung hinzu: ›Jedenfalls benimmt er sich nicht wie ein Ehemann.‹ Aber andererseits, wie viele Ehemänner benahmen sich schon wie Ehemänner! Miss Marple kannte Dutzende von Beispielen.
»Er sieht ganz gut aus«, sagte sie nachdenklich.
»Ja – wahrscheinlich«, sagte Esther uninteressiert.
Miss Marple betrachtete sie aufmerksam. Machte sie sich nichts aus Männern – oder war ihr nur an einem Mann gelegen? Angeblich war sie ja Witwe.
»Sind Sie schon lange bei Mr. Rafiel?«
»Vier, fünf Jahre. Nach dem Tod meines Mannes mußte ich wieder arbeiten gehen. Ich habe eine schulpflichtige Tochter, und mein Mann hat mir nichts hinterlassen.«
Abermals wagte Miss Marple sich vor: »Mr. Rafiel muß ein schwieriger Chef sein.«
»Ach, man muß ihn nur zu nehmen wissen. Er ist reizbar und streitsüchtig. Ich glaube, die Leute gehen ihm auf die Nerven. Innerhalb von zwei Jahren hat er viermal seinen Diener gewechselt. Er braucht immer wieder neue Leute

zum Tyrannisieren. Aber *ich* komme recht gut mit ihm zurecht.«
»Mr. Jackson scheint sehr hilfsbereit zu sein.«
»Er ist sehr taktvoll und steckt immer voller Einfälle«, sagte Esther. »Freilich, manchmal ist er ein wenig –« Sie brach ab. Miss Marple dachte nach. »So eine Stellung ist wohl nicht immer ganz einfach?«
»Nun ja, es ist nicht Fisch und nicht Fleisch. Immerhin« – Esther lächelte – »ich glaub, er läßt sich's ganz wohl sein dabei.«
Auch darüber dachte Miss Marple nach, aber es half ihr nicht weiter. So setzte sie die Unterhaltung fort und hatte bald eine ganze Menge über die vier Naturschwärmer, die Dysons und die Hillingdons, erfahren.
»Die Hillingdons kommen seit drei oder vier Jahren hierher«, sagte Esther, »aber Gregory Dysons schon viel länger. Er kennt Westindien sehr gut. Ich glaube, er kam schon mit seiner ersten Frau hierher. Sie war sehr zart und mußte jeden Winter ins Ausland fahren, oder ein wärmeres Klima aufsuchen.«
»Ist sie tot, oder sind sie geschieden?«
»Nein, sie ist gestorben, und zwar hier, auf einer der Westindischen Inseln. Irgendwas hat es damals gegeben, irgendeinen Skandal. Er spricht nie von ihr, jemand anderer hat es mir erzählt. Ich glaube, sie haben sich nicht vertragen.«
»Und dann hat er also diese *Lucky* geheiratet!« Miss Marples Tonfall schien besagen zu wollen: ›Was für ein Name!‹
»Sie war, glaube ich, mit seiner ersten Frau verwandt.«
»Kennen die Dysons die Hillingdons schon lange?«
»Oh, ich glaube, erst seit die Hillingdons hierherkommen. Drei oder vier Jahre, nicht länger.«
»Die Hillingdons machen einen netten Eindruck«, sagte Miss Marple. »So ruhige Leute.«
»Ja, sie sind beide sehr ruhig.«
»Und alle sagen, daß sie so sehr aneinander hängen«,

meinte Miss Marple. Sie sagte das ohne jeden Unterton, aber Esther Walters blickte sie scharf an.
»Und Sie glauben das?«
»*Sie* vielleicht, meine Liebe?«
»Nun, manchmal fragt man sich . . .«
»Ruhige Männer wie Oberst Hillingdon«, sagte Miss Marple, »haben oftmals eine Schwäche für auffallende Frauen.« Und nach einer bedeutungsvollen Pause fügte sie hinzu: »Lucky – was für ein Name! Ob Mr. Dyson wohl ahnt, was da hinter seinem Rücken vorgeht?«
›Du alte Klatschbase‹, dachte Esther Walters. Sie sagte ziemlich kühl: »Ich habe keine Ahnung.«
Miss Marple wechselte das Thema. »Zu traurig, die Sache mit dem armen Major Palgrave!« sagte sie.
Mechanisch stimmte Esther Walters zu. »Besonders tun mir dabei die Kendals leid.«
»Ja, nicht wahr? So ein Pech, ausgerechnet in einem Hotel!«
»Man kommt doch zur Erholung hierher und um sich zu unterhalten«, sagte Esther. »Die Leute wollen ihre Krankheiten vergessen, ihre Todesfälle, die Einkommensteuer, die eingefrorene Wasserleitung und so weiter.« Und dann, in völlig verändertem Ton: »Da wird man nicht gern an die eigene Sterblichkeit erinnert.«
Miss Marple legte ihr Strickzeug wieder nieder. »Also, da haben Sie den Nagel auf den Kopf getroffen, meine Liebe«, stimmte sie zu. »Wirklich, es ist genau so, wie Sie sagen!«
»Und die beiden sind erst ganz jung verheiratet«, setzte Esther Walters fort. »Erst vor sechs Monaten haben sie das Hotel übernommen und machen sich nun schreckliche Sorgen, wie alles gehen wird bei der geringen Erfahrung, die sie haben.«
»Und Sie meinen wirklich, die Sache mit dem Major könnte ihnen schaden?«
»Offen gestanden, nein«, sagte Esther Walters. »Hier haben die Leute nach ein, zwei Tagen alles vergessen, sie

sind viel zu sehr auf Unterhaltung um jeden Preis erpicht. Wenn erst das Begräbnis vorbei ist, denken sie nicht mehr daran. Das heißt, wenn man sie nicht erinnert. Ich habe das Molly gesagt, aber die ist ja eine notorische Schwarzseherin.«

»Mrs. Kendal eine Schwarzseherin? Wo sie doch immer so sorglos wirkt?«

»Ach, das dürfte zum größten Teil nur Theater sein«, sagte Esther langsam. »Ich glaube, in Wirklichkeit ist sie eine von denen, die immerfort Angst haben müssen, daß etwas schiefgehen könnte.«

»Ich hätte gedacht, *er* ist es, der sich Sorgen macht!«

»Nein, das glaube ich nicht. *Sie* macht sich Sorgen, und er sorgt sich nur, weil sie sich sorgt, würde ich sagen.«

»Das ist interessant«, sagte Miss Marple.

»Ich glaube, Molly gibt sich die größte Mühe, lustig und unbeschwert auszusehen. Aber die Anstrengung macht sie fertig, und die Folge sind dann diese merkwürdigen Depressionszustände. Sie ist kein ausgeglichener Mensch.«

»Armes Kind«, sagte Miss Marple. »Ich glaube, ein Außenstehender ahnt oft gar nicht, daß es solche Leute gibt!«

»Nein, sie verstellen sich zu gut, nicht wahr? Jedenfalls«, fügte Esther hinzu, »glaube ich nicht, daß sich Molly deswegen Sorgen zu machen braucht. Heutzutage sind Herzschlag, Gehirnschlag und dergleichen viel häufiger als früher, soweit ich das beurteilen kann. Nur Lebensmittelvergiftung, Typhus oder ähnliches regt die Leute noch auf.«

»*Mir* gegenüber hat Major Palgrave *nie* seinen hohen Blutdruck erwähnt«, sagte Miss Marple. »Hat er Ihnen etwas gesagt?«

»Zu irgend jemandem hat er's gesagt – ich weiß nicht, zu wem. Vielleicht zu Mr. Rafiel? Ich weiß, Mr. Rafiel behauptet das Gegenteil – aber so ist er eben! Mr. Jackson hat mir gegenüber einmal was erwähnt. Er sagte, der Major sollte seinen Alkoholkonsum etwas einschränken.«

»So, so«, sagte Miss Marple nachdenklich. Dann setzte sie fort: »Für Sie war er wohl ein recht langweiliger alter Kerl? Er wußte so viele Geschichten, daß er sich andauernd wiederholte.«
»Das ist das ärgste daran«, sagte Esther. »Immer wieder dieselbe Geschichte anhören zu müssen, wenn es einem nicht rechtzeitig gelingt, sie abzuwehren.«
»*Mich* hat das nicht so sehr gestört«, sagte Miss Marple. »Ich bin an solche Sachen gewöhnt. Und außerdem vergesse ich meist, was man mir erzählt hat.«
»Ja – wenn das *so* ist!« sagte Esther und lachte herzlich.
»*Eine* Geschichte erzählte er besonders gern«, sagte Miss Marple. »Sie handelte von einem Mord. Sicherlich hat er sie Ihnen auch erzählt?«
Esther Walters begann in ihrer Handtasche zu suchen. Sie zog ihren Lippenstift heraus und sagte: »Ich dachte, den hätte ich verloren!« Dann fragte sie: »Verzeihung – *was* haben Sie eben gesagt?«
»Ich habe Sie gefragt, ob Ihnen Major Palgrave seine Lieblingsmordgeschichte erzählt hat?«
»Ich glaube, ja, wenn ich mir's recht überlege. Jemand, der sich mit Gas vergiftet hat, nicht? Nur hatte in Wirklichkeit die Frau *ihn* vergiftet. Ich glaube, sie gab ihm ein Schlafmittel und steckte dann seinen Kopf in den Gasofen. War es das?«
»Nein, ganz so war es nicht«, sagte Miss Marple. Sie blickte Esther Walters nachdenklich an.
»Er hat so viel erzählt«, sagte Esther entschuldigend, »und wie gesagt, man hat nicht immer zugehört.«
»Er hatte da ein Foto«, sagte Miss Marple, »das er den Leuten gern vorzeigte.«
»Ja, ich glaube ... Aber ich weiß im Moment nicht, welches Sie meinen. Hat er es Ihnen gezeigt?«
»Nein«, sagte Miss Marple. »Mir nicht. Wir wurden unterbrochen –«

9

»Soviel *ich* gehört habe«, hub Miss Prescott an, wobei sie die Stimme dämpfte und sich vorsichtig umsah.
Miss Marple rückte ein wenig näher. Es hatte seine Zeit gedauert, mit Miss Prescott zu einem Gespräch unter vier Augen zu kommen. Geistliche sind Familienmenschen, und so hatte Miss Prescott sich fast jedesmal in Begleitung ihres Bruders befunden, was jeder Art von Klatsch zweifellos abträglich war.
»Nicht, daß ich Skandale breittreten möchte«, sagte Miss Prescot, »und ich weiß ja auch wirklich nichts darüber! Aber es hat den Anschein –«
»Aber *natürlich!*« sagte Miss Marple.
»Es scheint also, als habe es zu Lebzeiten seiner ersten Frau einen Skandal gegeben. Offenbar ist diese Lucky – was für ein Name! – sie ist, soviel ich weiß, eine Cousine seiner ersten Frau – hierhergekommen und hat gemeinsam mit ihm Blumen gesammelt und Schmetterlinge gefangen. Die Leute beredeten es sehr, daß die beiden so gut miteinander harmonierten –«
»Die Leute reden über alles, finden Sie nicht auch?« meinte Miss Marple.
»Und dann erst recht, als seine Frau so plötzlich gestorben war –«
»Starb sie hier, auf dieser Insel?«
»Nein, ich glaube, damals waren sie auf Martinique oder Tobago.«
»Aha.«
»Aber von Leuten, die damals dabei waren, habe ich gehört, daß der Arzt seine Zweifel gehabt haben soll.«
»Was Sie nicht sagen!« Miss Marple war voll Interesse.
»Natürlich war es nur *Tratsch*, aber – Mr. Dyson heiratete wirklich sehr *bald* wieder.« Erneut senkte sie die Stimme: »Sie war erst einen Monat unter der Erde!«
»Nur *einen* Monat!« echote Miss Marple.
Die beiden Frauen blickten einander an. »Er machte

einen so – gefühllosen Eindruck«, sagte Miss Prescott dann.
»Ja, gewiß«, bekräftigte Miss Marple und fügte leise hinzu: »War eigentlich – Geld mit im Spiel?«
»Das weiß ich nicht genau. Wissen Sie, er macht so seine Späße – vielleicht haben Sie ihn schon gehört –, nennt seine Frau ›Glücksbringerin‹ –«
»Ja, das hab' ich gehört«, sagte Miss Marple.
»Und da glauben die Leute, er habe eine reiche Frau geheiratet. Obwohl« – Miss Prescott wollte sichtlich objektiv sein – »sie ja auch wirklich gut aussieht, wenn man für diesen Typ was übrig hat. Aber ich für meinen Teil glaube, daß das Geld von der *ersten* Frau stammt.«
»Sind die Hillingdons begütert?«
»Nun ja, *begütert* könnte man sagen, wenn auch nicht enorm reich. Wohlhabend eben. Soviel ich weiß, haben sie zwei Söhne an Privatschulen und einen sehr hübschen Besitz in England. Den Winter verbringen sie auf Reisen.«
In diesem Moment erschien der Kanonikus und schlug einen flotten Spaziergang vor. Miss Prescott erhob sich also, um ihn zu begleiten, während Miss Marple blieb, wo sie war.
Ein paar Minuten später kam Gregory Dyson auf seinem Weg zum Hotel an ihr vorüber. Gutgelaunt winkte er ihr zu.
»Ich gäb' was drum, jetzt Ihre Gedanken zu kennen!« rief er ihr zu.
Mit freundlichem Lächeln fragte sich Miss Marple, wie er wohl reagieren würde, wenn sie ihm antwortete: »Ich frage mich eben, ob Sie ein Mörder sind?«
Tatsächlich, vieles sprach dafür, daß er einer war. Es fügte sich alles so gut zueinander – der Tod der ersten Mrs. Dyson – Major Palgrave hatte, als er von dem Gattenmörder sprach, ausdrücklich auf den Fall des ›Badewannenmörders‹ hingewiesen!
Jawohl, alles traf zu – bedenklich war bloß, daß es fast

zu sehr zutraf! Aber Miss Marple schalt sich selbst für diesen Gedanken: wie kam sie dazu, ›Morde nach Maß‹ zu verlangen?
Eine Stimme schreckte sie aus ihren Gedanken – eine etwas rauhe Stimme: »Haben Sie Greg irgendwo gesehen, Miss – eh!«
Miss Marple fand, daß Lucky schlechter Laune war.
»Eben ist er vorbeigekommen – Richtung Hotel!«
»Das hätte ich mir denken können!« Mit einem verärgerten Ausruf eilte Lucky weiter.
›Mindestens vierzig, und heute sieht sie danach aus‹, dachte Miss Marple. Mitleid überkam sie – Mitleid mit all den Luckies dieser Welt. Wie waren sie so verwundbar durch die Zeit!
Ein Geräusch veranlaßte sie, ihren Stuhl herumzudrehen. Von Jackson gestützt, erschien Mr. Rafiel zu seinem morgendlichen Auftritt vor seinem Bungalow.
Jackson verstaute seinen Herrn im Rollstuhl und machte sich um ihn geschäftig. Aber Mr. Rafiel winkte ihm ungeduldig ab, worauf Jackson sich in Richtung Hotel entfernte.
Miss Marple wollte keine Zeit verlieren, denn Mr. Rafiel blieb nie lange allein. Wahrscheinlich würde ihm Esther Walters bald Gesellschaft leisten. Jetzt aber war es noch möglich, allein mit ihm zu sprechen, freilich ohne langwierige Einleitungen, denn Mr. Rafiel hatte nichts übrig für das müßige Geplapper alter Damen. So entschloß Miss Marple sich, niedergeschlagen auszusehen.
Sie ging auf ihn zu, zog einen Stuhl heran, setzte sich und sagte:
»Ich hätte Sie gern etwas gefragt, Mr. Rafiel.«
»Na schön«, knurrte Mr. Rafiel, »schießen Sie schon los. Was möchten Sie – soll's für die armen Negerkinder sein, oder für eine Kirchenrenovierung?«
»Solche Dinge«, sagte Miss Marple, »liegen mir mehrere am Herzen, und es wird mich freuen, wenn Sie dafür etwas geben wollen. Aber eigentlich wollte ich Sie etwas an-

deres fragen. Sagen Sie, hat Major Palgrave Ihnen jemals eine Geschichte über einen Mord erzählt?«

»Oho«, sagte Mr. Rafiel. »Ihnen hat er sie also auch erzählt? Und Sie haben sie ihm mit allem Drum und Dran abgenommen?«

»Ich wußte wirklich nicht, was ich davon halten sollte«, sagte Miss Marple. »Was hat er *Ihnen* erzählt?«

»Ach, er quatschte mir was vor von irgendeinem reizenden Geschöpf«, sagte Mr. Rafiel, »schön und jung und blondhaarig – die reinste Lucrezia Borgia!«

»Oh«, meinte Miss Marple etwas verblüfft, »und wen hat sie umgebracht?«

»Ihren Mann natürlich«, sagte Mr. Rafiel, »wen sonst?«

»Vergiftet?«

»Nein, ich glaube, ein Schlafmittel hat sie ihm gegeben, und ihn dann in den Gasofen gesteckt. Talentiertes Frauenzimmer! Dann hat sie's als Selbstmord hingestellt. Sie ist recht glimpflich davongekommen, bedingt zurechnungsfähig, so nennt man das ja heutzutage, wenn man eine hübsche Larve hat oder so ein bedauernswertes Muttersöhnchen ist!«

»Hat Ihnen der Major kein Foto gezeigt?«

»Von dem Frauenzimmer? Nein, warum?«

»Oh«, sagte Miss Marple nur.

Sie war ziemlich außer Fassung geraten. Offenbar hatte der Major die Leute nicht nur mit Geschichten von erlegten Tigern und gejagten Elefanten unterhalten, sondern auch mit der Beschreibung von Mördern, denen er begegnet war! Möglicherweise hatte er ein ganzes Repertoire von Mordgeschichten gehabt! Man mußte das ins Auge fassen.

Ein plötzlicher Ruf Mr. Rafiels schreckte sie auf: »Jackson!«

Keine Antwort.

»Soll ich ihn suchen gehen?« fragte Miss Marple und erhob sich.

»Sie finden ihn nicht, der strolcht wieder irgendwo in der

Gegend herum! Nicht viel wert, der Kerl, charakterlich. Aber er sagt mir zu.«
»Ich werd' ihn lieber doch suchen gehen«, sagte Miss Marple. Sie fand Jackson auf der anderen Hotelseite, wo er mit Tim Kendal bei einem Drink saß.
»Mr. Rafiel braucht Sie.«
Jackson schnitt eine vielsagende Grimasse, kippte sein Glas hinunter und stand auf.
»Also, dann gehen wir eben«, sagte er. »Keinen Frieden geben kann dieser ... Zwei Telefonate und eine Diätbestellung – da müßte doch ein Alibi für eine Viertelstunde herausspringen! Aber nein! – Danke, Miss Marple – und vielen Dank auch für den Drink, Mr. Kendal.« Damit trollte er sich.
»Der Junge tut mir leid«, meinte Tim. »Von Zeit zu Zeit muß ich ihn mit einem Drink aufmuntern. Darf ich auch Sie zu etwas einladen, Miss Marple – vielleicht zu einem Glas frischer Limonade, die trinken Sie doch gern?«
»Vielen Dank, aber im Moment lieber nicht – ich kann mir schon vorstellen, daß es einen aufreibt, wenn man jemanden wie Mr. Rafiel zu betreuen hat! Kranke sind oft schwierig!«
»Das allein ist es nicht – bei dieser guten Bezahlung nimmt man sehr vieles mit in Kauf, und außerdem ist der alte Rafiel gar kein so schlechter Kerl. Ich habe eher gemeint –« er zögerte. Miss Marple blickte ihn fragend an.
»Ja – wie soll ich sagen – für Jackson ist es in gesellschaftlicher Hinsicht schwierig. Die Leute sind so versnobt, und es gibt hier niemanden aus seiner Klasse. Er steht zwar über einem Diener, ist aber weniger als ein Durchschnittsgast – zumindest stuft man ihn hier so ein. Etwa wie eine viktorianische Gouvernante. Sogar die Sekretärin, Mrs. Walters, fühlt sich ihm übergeordnet. So etwas kann das Leben schon erschweren!« Tim machte eine Pause und meinte dann mitfühlend: »Wirklich schrecklich, diese gesellschaftlichen Probleme in so einem Hotel!«

Eben kam Dr. Graham vorbei, ein Buch in der Hand. Er trat zu einem Tisch mit Blick auf das Meer und setzte sich.

»Dr. Graham sieht aus, als ob er Sorgen hätte«, bemerkte Miss Marple.

»Oh, wir alle haben unsere Sorgen!«

»Sie auch? Wegen des Todes von Major Palgrave?«

»Ach, deswegen nicht mehr! Die Leute scheinen nicht mehr daran zu denken. Nein, es ist wegen meiner Frau, wegen Molly – kennen Sie sich mit Träumen aus?«

»Mit *Träumen?*« Miss Marple war überrascht.

»Ja – mit schlechten Träumen, Alpträumen vermutlich. So was passiert uns ja allen von Zeit zu Zeit. Aber Molly scheint fast die ganze Zeit darunter zu leiden. Kann man da etwas dagegen tun? Etwas einnehmen? Schlaftabletten, sagt sie, machen es noch ärger – sie bemüht sich aufzuwachen und kann nicht.«

»Wovon träumt sie denn?«

»Oh, irgendwas verfolgt sie – oder beobachtet sie und spioniert hinter ihr her – sie wird das Gefühl nicht einmal mehr los, wenn sie wach ist.«

»Nun, sicherlich könnte da ein Arzt –«

»Von Ärzten will sie nichts hören, sie hat was gegen Ärzte. Na ja, es wird sich schon wieder geben. Dabei waren wir doch so glücklich, es hat uns richtigen Spaß gemacht – und in letzter Zeit ... Vielleicht ist doch der Tod des alten Palgrave daran schuld? Sie ist wie ausgewechselt seither!«

Er stand auf.

»Ich muß mich ums Haus kümmern – wollen Sie wirklich keine Limonade?«

Miss Marple schüttelte den Kopf. Sie blieb sitzen und dachte nach. Ihre Miene verriet ernste Besorgnis.

Dann blickte sie zu Dr. Graham hinüber, faßte einen Entschluß, erhob sich und trat an seinen Tisch.

»Dr. Graham, ich muß mich bei Ihnen entschuldigen.«

»Was Sie nicht sagen!« Überrascht sah der Doktor sie an

und rückte einen Stuhl zurecht, auf dem Miss Marple Platz nahm.
»Ich fürchte, daß ich etwas Unverzeihliches gemacht habe«, sagte sie. »Ich habe Sie nämlich wissentlich belogen.« Sie blickte Dr. Graham ängstlich ins Gesicht.
Dr. Graham wirkte durchaus nicht erschüttert, höchstens leicht erstaunt. »Tatsächlich?« sagte er. »Nun, das ist weiter kein Grund zur Aufregung.«
›Was kann die gute Alte schon viel gelogen haben‹, fragte er sich. War's das Alter? Aber das hatte sie ja gar nicht erwähnt! »Nun, dann sagen Sie mir jetzt die Wahrheit«, meinte er lächelnd, da er ihr ansah, daß sie beichten wollte.
»Ich habe Ihnen doch von dem Foto meines Neffen erzählt, das ich Major Palgrave gezeigt und von ihm nicht mehr zurückbekommen habe.«
»Ja, ja, ich weiß, leider war es unauffindbar.«
»Aber dieses Foto existiert gar nicht«, sagte Miss Marple mit leiser, ängstlicher Stimme.
»Wie meinten Sie?«
»Dieses Foto hat es nie gegeben. Ja, leider – ich habe die ganze Geschichte erfunden.«
»Erfunden?« Dr. Graham wirkte leicht verärgert. »Aber warum denn nur?«
Miss Marple erklärte es ihm. Ganz deutlich und ohne Aufregung erzählte sie von Major Palgraves Mordgeschichte, und wie er im Begriff gewesen war, ihr dieses Foto zu zeigen, beschrieb seine plötzliche Verwirrung, kam dann auf ihre eigene Vermutung zu sprechen und schließlich auf ihren Entschluß, das Foto auf irgendeine Weise doch noch zu Gesicht zu bekommen.
»Und ich wußte wirklich nicht, wie ich es hätte bewerkstelligen sollen, ohne Ihnen eine Unwahrheit zu sagen«, schloß sie. »Aber ich hoffe sehr, Sie werden mir verzeihen!«
»Sie haben also geglaubt, daß er Ihnen das Foto eines Mörders zeigen wollte?«

»So sagte er«, meinte Miss Marple. »Zumindest aber sagte er, jener Bekannte, von dem er die Geschichte hatte, habe es ihm überlassen.«
»Ja, ja! Und – verzeihen Sie mir – Sie haben ihm das *geglaubt*?«
»Ich weiß nicht, ob ich ihm damals wirklich geglaubt habe«, sagte Miss Marple. »Aber, sehen Sie, am nächsten Tag war er tot.«
»Ja«, sagte Dr. Graham, betroffen von der Klarheit dieses einen Satzes. *»Am nächsten Tag war er tot.«*
»Und das Foto war weg.«
Dr. Graham sah Miss Marple an und wußte nichts darauf zu sagen.
»Sie müssen schon entschuldigen, Miss Marple«, meinte er schließlich, »aber – ist wenigstens das wahr, was Sie mir *jetzt* erzählen?«
»Ihre Frage überrascht mich nicht«, sagte Miss Marple. »An Ihrer Stelle würde ich ebenso fragen. Aber was ich Ihnen diesmal gesagt habe, ist wahr. Freilich kann ich Ihnen nichts als mein Wort darauf geben. Aber, ob Sie's glauben oder nicht, ich hatte das Gefühl, es Ihnen auf jeden Fall sagen zu müssen.«
»Und warum?«
»Weil ich mir bewußt bin, daß Sie bestmöglich informiert sein müssen für den Fall, daß –«
»Für den Fall daß?«
»Daß Sie in dieser Sache irgend etwas unternehmen wollten.«

10

Im Büro des Administrators in Jamestown saß Dr. Graham seinem Freund Daventry gegenüber, einem ernsten jungen Mann von fünfunddreißig.
»Ich bin aus deinem Anruf nicht klug geworden, Gra-

ham«, sagte Daventry eben. »Ist was Besonders vorgefallen?«
»Ich weiß nicht recht«, sagte Dr. Graham, »aber ich mache mir Sorgen.«
Daventry blickte sein Gegenüber an. Als die Drinks gebracht wurden, nickte er und begann, unverfänglich von einem Fischerausflug zu erzählen, den er vor kurzem unternommen hatte. Nachdem der Diener das Zimmer wieder verlassen hatte, lehnte er sich zurück. »Also«, sagte er, »fangen wir an!«
Dr. Graham berichtete nun von all dem, worüber er sich Sorgen machte. Daventry stieß einen langen Pfiff aus.
»Ich bin im Bild! Da wäre also der alte Palgrave keines natürlichen Todes gestorben! Wer hat den Totenschein ausgestellt? Wahrscheinlich Robertson, nicht? Ihm ist nichts aufgefallen?«
»Nein, aber er dürfte durch die Serenit-Tabletten im Badezimmer getäuscht worden sein. Als er mich fragte, ob Palgrave an übermäßigem Blutdruck gelitten habe, sagte ich, ich hätte ihn zwar nie behandelt, aber dem Vernehmen nach habe er mit anderen Hotelgästen darüber gesprochen. Insgesamt paßte alles zusammen, und es gab keinerlei Grund, etwas anderes zu vermuten. Ich selbst hätte den Totenschein auch so ausgestellt, die Todesursache schien ja klar zu sein. Und heute würde ich keinen Gedanken mehr daran verschwenden, wäre nicht dieses Foto verschwunden . . .«
»Aber erlaube mal, Graham«, sagte Daventry, »legst du diesen kuriosen Geschichten nicht zu viel bei? Du weißt doch, wie diese alten Damen sind, die machen aus jeder Maus gleich einen Elefanten!«
»Ja, ja«, meinte Dr. Graham behaglich, »das weiß ich schon! Das hab' ich mir auch selbst gesagt. Trotzdem, ich bin nicht sicher – die alte Dame wußte *zu* genau, was sie wollte.«
»Also, für mich klingt das Ganze reichlich unwahrscheinlich«, sagte Daventry. »Da erzählt so eine alte Lady eine

Geschichte von einem Foto, das nicht da sein sollte – oder nein, umgekehrt –, aber das einzig Konkrete daran ist die Aussage des Zimmermädchens. Aber auch für diese Tabletten gibt es hunderterlei Erklärungen. Vielleicht hat er sie früher immer bei sich getragen!«

»Das wäre denkbar.«

»Oder das Zimmermädchen hat sich *doch* geirrt und sie vorher einfach nicht bemerkt!«

»Auch das ist möglich.«

»Na also!«

Aber Graham sagte: »Das Mädchen war aber *sehr* sicher!«

»Ach, diese Eingeborenen bilden sich so leicht was ein! Sie sind so emotional, engagieren sich so leicht. Oder hast du das Gefühl, daß sie mehr weiß, als sie gesagt hat?«

»Das könnte sehr gut sein«, sagte Dr. Graham langsam.

»Wenn das *so* ist, dann sieh doch zu, daß du es aus ihr herauskriegst! Wir wollen doch kein Aufhebens machen, ohne uns auf was Bestimmtes stützen zu können! Und wenn der Major wirklich nicht an Blutdruck gestorben ist, an was dann?«

»Ach, da gibt es heutzutage *zu* viele Dinge«, sagte Dr. Graham.

»Du meinst Gifte, die keine erkennbaren Spuren hinterlassen?«

»Nicht jeder ist so entgegenkommend, Arsenik zu verwenden«, erwiderte Dr. Graham trocken.

»Sehen wir den Fall doch ganz nüchtern: was würdest *du* sagen? Daß das Fläschchen ausgetauscht und der Major auf diese Weise vergiftet wurde?«

»Nein. Das glaubt nur diese Victoria Dingsda, aber das ist ein Irrtum. Falls jemand den Major beseitigen wollte – *rasch* beseitigen wollte –, dann hat er ihm schon etwas verabreicht, am ehesten wohl in einem Getränk. Und erst dann stellte er die Medikamentenflasche in das Zimmer des Toten. Und dann ließ er gerüchtweise verlauten, der Major habe an zu hohem Blutdruck gelitten.«

»Wer hat dieses Gerücht in Umlauf gesetzt?«

»Ich bin der Sache nachgegangen, aber ohne Erfolg – es war zu raffiniert gemacht worden. A sagt ›Ich *glaube*, das hab' ich von B‹, wenn man aber B fragt, dann heißt es ›Nein, ich war's nicht, aber ich erinnere mich, daß C einmal was gesagt hat‹. Und C sagt dann ›Es haben mehrere davon gesprochen – ich glaube, A war auch dabei!‹ Und damit sind wir wieder, wo wir waren.«

»Das hat dieser Jemand sehr geschickt eingefädelt!«

»Jawohl. Sobald man den Toten aufgefunden hatte, sprach alle Welt schon von seinem hohen Blutdruck! Einer redete es dem anderen nach.«

»Wäre es nicht einfacher gewesen, ihn bloß zu vergiften, ohne das andere Theater?«

»Nein – das hätte eine Untersuchung, vielleicht sogar eine Autopsie nach sich gezogen. Aber wie der Fall lag, *mußte* der Arzt alles unbedenklich finden und den Schein ausstellen. Das ist ja auch geschehen!«

»Aber was erwartest du jetzt von *mir*? Soll ich zum C.I.D. gehen? Auf Exhumierung bestehen? Das würde eine Menge Staub aufwirbeln.«

»So etwas ließe sich ganz im stillen abmachen.«

»So? Auf St. Honoré? Überleg doch mal! Die Luft würde vor Gerüchten schwirren, noch ehe der erste Spatenstich getan wäre! Immerhin« – Daventry seufzte – »ich hab' das Gefühl, daß etwas geschehen muß. Aber wenn du *mich* fragst – das Ganze ist eine Ente!«

»Ich hoffe es selbst«, sagte Dr. Graham.

11

Molly korrigierte einige Gedecke im Speisesaal, nahm da ein Messer weg, legte dort eine Gabel zurecht, rückte ein, zwei Gläser an ihren Platz, trat zurück, um das Ganze zu überschauen, und begab sich danach auf die Terrasse hinaus. Noch war alles leer. Sie schlenderte ans hintere Ende

und lehnte sich an die Balustrade. Wieder stand ein Abend bevor, ein Abend voll Geschwätz, voll Unterhaltung, voll Trinkfreudigkeit, alles so fröhlich und unbeschwert, wie sie sich das Leben immer gewünscht hatte. Jetzt aber schien sogar Tim sich Sorgen zu machen. Vielleicht war das nur natürlich – es war ja so wichtig, daß ihr Unternehmen hier gut ausging! Schließlich hatte Tim all seine Mittel hineingesteckt! ›Aber das ist's ja gar nicht‹, dachte Molly. ›Was ihm Sorgen macht, bin einzig und allein *ich*!‹ Und sie fragte sich nach dem Grund. Weshalb stellte er ihr diese Fragen, warum warf er ihr immer wieder diese raschen nervösen Blicke zu? ›Dabei war ich doch so vorsichtig‹, dachte sie. Nein, sie konnte es wirklich nicht verstehen! Sie wußte nicht, wann es begonnen hatte, ja, nicht einmal, was es *war*! Irgendwie hatte sie angefangen, sich vor den Leuten zu fürchten. Aber warum nur? Was konnten sie ihr schon anhaben? Was *wollten* sie ihr schon anhaben?
Sie nickte vor sich hin – und zuckte heftig zusammen, als jemand ihren Arm berührte! Herumwirbelnd fand sie sich Gregory Dyson gegenüber, der sie erschrocken und entschuldigungheischend ansah.
»Oh, das tut mir aber leid! Habe ich Sie *so* erschreckt, kleines Fräulein?«
Molly konnte diese Anrede nicht leiden, gab aber munter zur Antwort: »Ich habe Sie gar nicht kommen hören, Mr. Dyson, deshalb hat es mich so gerissen.«
»›*Mister* Dyson‹? So förmlich heute abend? Sind wir denn hier nicht eine einzige frohe Familie? Ed und ich, Lucky und Evelyn, Sie und Tim, Esther Walters und der alte Rafiel? Alles *eine große* Familie!«
›Der hat ganz schön gebechert‹, dachte Molly, während sie ihm ganz freundlich zulächelte. »Oh, irgendwann werde ich die schwerfällige Hausfrau in mir schon noch überwinden«, sagte sie leichthin. »Aber Tim und ich, wir glauben, es ist höflicher, nicht gleich die Gäste beim Vornamen zu nennen.«

»Ach, wir wollen doch nicht so steif sein! Also, meine bezaubernde Molly, wie wär's, wenn wir jetzt was trinken gingen?«
»Später gern«, sagte Molly. »Ich muß nur noch ein paar Sachen erledigen.«
»Laufen Sie jetzt nicht weg!« Sein Arm preßte sich um den ihren. »Molly, Sie sind einfach reizend! Hoffentlich weiß Tim sein Glück zu schätzen!«
»Oh, ich sorge schon dafür, daß er's tut!«
»Wissen Sie, Sie sind einfach mein Typ!« Er sah sie begehrlich an. »Meine Frau braucht das natürlich nicht zu hören, ja?«
»War's nett heute nachmittag? Ein hübscher Ausflug?«
»Na ja, unter uns gesagt, hängt mir das Ganze schon zum Hals heraus – immer nur Vögel und Schmetterlinge ... Was meinen Sie, könnten wir nicht gelegentlich allein zu einem kleinen Picknick losziehn?«
»Darüber ließe sich reden«, sagte Molly fröhlich. »Ich will mich inzwischen darauf freuen.« Lachend machte sie sich los und lief zurück in die Bar.
»Hallo, Molly«, sagte Tim. »Du hast's aber eilig! Wer war denn bei dir draußen?«
Er spähte hinaus.
»Gregory Dyson.«
»Was will er?«
»Er wollte deutlich werden«, sagte Molly.
»Dann laß ihn abblitzen«, meinte Tim.
»Keine Sorge«, sagte Molly, »ich weiß schon, was ich zu tun habe!«
Tim wollte ihr antworten, bemerkte aber Fernando und ging, um ihm einige Anweisungen zu geben. Molly schritt durch die Küche ins Freie und die Stufen zum Strand hinunter.
Leise vor sich hin fluchend, ging Gregory Dyson langsam zu seinem Bungalow zurück. Er war schon beinahe dort angelangt, als ihn aus dem Schatten eines Gebüsches eine Stimme ansprach. Erschrocken wandte er den Kopf. In

der sinkenden Dämmerung vermeinte er, einem Gespenst gegenüberzustehen – aber dann mußte er lachen: was wie eine gesichtslose Erscheinung ausgesehen hatte, war die schwarzgesichtige Victoria in ihrem weißen Kleid. Sie trat aus den Büschen auf den Weg.

»Mr. Dyson!«

»Ja? Was ist los?« Ärger und Scham über sein Erschrecken machten seine Stimme ungeduldig.

»Ich hab' etwas für Sie, Sir.« Sie streckte ihm ihre Hand entgegen, die ein Pillenfläschchen umfaßt hielt. »Das gehört doch Ihnen, nicht?«

»Ach, meine Serenit-Tabletten! Ja, natürlich. Wo haben Sie denn *die* her?«

»Ich hab' sie dort gefunden, wo man sie hingestellt hat – im Zimmer des gnädigen Herrn.«

»Was soll das heißen?«

»Im Zimmer des Herrn, der jetzt tot ist«, sagte sie ernst. »Ich glaube nicht, daß er ruhig schläft in seinem Grab.«

»Ja, warum denn nicht, zum Teufel?« rief Dyson.

Schweigend sah Victoria ihn an.

»Ich weiß noch immer nicht, was Sie meinen! Sie sagen, Sie haben diese Tabletten in Major Palgraves Bungalow gefunden?«

»Ganz richtig! Nachdem der Doktor und die Leute aus Jamestown weg waren, sollte ich den ganzen Badezimmerkram wegwerfen. Die Zahnbürste, das Rasierwasser und alles andere. Und darunter auch das.«

»Und warum *haben* Sie's nicht weggeworfen?«

»Weil es Ihnen gehört. Erinnern Sie sich nicht? Sie haben mich doch nach den Pillen gefragt!«

»Ja, natürlich – das hab' ich getan. Ich war der Meinung, ich hätte sie verlegt.«

»Sie haben sie nicht verlegt. Man hat sie aus Ihrem Bungalow in den von Major Palgrave gestellt.«

»Wie können Sie das wissen?« fragte er rauh.

»Ich hab' es *gesehen*!« Sie grinste ihn mit blinkenden Zähnen an. »Jemand hat sie in das Zimmer des toten Majors

gestellt. Und *ich* gebe sie Ihnen zurück.«
»Warten Sie! – *Wie* war das? *Wen* haben Sie gesehen?«
Aber das Mädchen war schon im Dunkel der Sträucher verschwunden. Greg, bereits im Begriff, ihr zu folgen, blieb stehen und rieb sich das Kinn.
»Was ist denn los, Greg? Siehst du Gespenster?« fragte Mrs. Dyson, die von ihrem Bungalow kam.
»Ein paar Minuten lang war's mir fast so.«
»Mit wem hast du gesprochen?«
»Mit der Farbigen, die unseren Bungalow aufräumt. Ich glaube, Victoria heißt sie.«
»Was will sie? Läuft sie dir nach?«
»Sei nicht so dumm, Lucky! Sie hat sich irgendeine blödsinnige Idee in den Kopf gesetzt.«
»Welche Idee?«
»Du weißt doch, ich habe neulich meine Serenit nicht finden können.«
»Ja, das hast du gesagt.«
»Was heißt das, ›ich habe gesagt‹!«
»Sag, mußt du *alles*, was ich sage, auf die Goldwaage legen?«
»Entschuldige«, sagte Greg. »Aber jeder tut hier so verdammt geheimnisvoll!« Er hielt ihr das Fläschchen hin: »Da – das Mädchen hat sie mir zurückgebracht.«
»Hatte sie sie gekauft?«
»Nein. Sie – hat sie irgendwo gefunden.«
»Was soll daran so geheimnisvoll sein?«
»Ach nichts. Sie hat mich nur geärgert.«
»Sag einmal, Greg, was soll das alles? Komm, trinken wir was vor dem Essen!«
Molly war zum Strand hinuntergegangen. Dort zog sie einen von den wackligen alten Rohrstühlen heraus, die selten verwendet wurden. Eine Zeitlang blieb sie darin sitzen und starrte aufs Meer hinaus, aber plötzlich legte sie den Kopf in die Hände und brach in Tränen aus. Während sie hemmungslos schluchzend dasaß, hörte sie ein Rascheln neben sich und blickte auf: Mrs. Hillingdon sah

auf sie nieder.

»Hallo, Evelyn! Ich hab' Sie nicht gehört. Ent-entschuldigen Sie!«

»Was ist denn los, mein Kind!« sagte Evelyn. »Ist etwas passiert?« Sie zog einen zweiten Stuhl heran und setzte sich. »Sagen Sie's mir!«

»Ach, gar nichts«, sagte Molly. »Gar nichts.«

»Natürlich ist was passiert! Würden Sie sonst dasitzen und weinen? Können Sie mir's nicht sagen? Ist es – zwischen Ihnen und Tim?«

»O *nein*!«

»Das freut mich. Ihr beide seht immer so glücklich aus.«

»Nicht glücklicher als Sie«, sagte Molly. »Tim und ich, wir sagen immer, wie wunderschön das ist, daß Sie und Edward nach so vielen Ehejahren noch so gut miteinander sind.«

»Ach *das*«, sagte Evelyn. Die Worte hatten einen scharfen Beiklang, aber Molly fiel das nicht auf.

»Die Leute streiten so viel«, sagte sie, »und haben Krach noch und noch. Auch, wenn sie sich gern haben! Und sie streiten in aller Öffentlichkeit.«

»Manche Leute wollen es eben so«, sagte Evelyn. »Das hat weiter nichts zu bedeuten.«

»Nun, *ich* finde es schauderhaft«, meinte Molly.

»Ich eigentlich auch«, sagte Evelyn.

»Aber wenn man Sie und Edward sieht –«

»Ach Molly, es hat ja keinen Sinn! Ich kann Sie nicht noch länger in diesem Glauben lassen. Edward und ich –« sie machte eine Pause, »nun, wenn Sie die Wahrheit hören wollen, wir haben in den letzten drei Jahren kaum ein Wort privat miteinander gesprochen.«

»Nein!« Molly starrte sie entgeistert an. »Das – das kann ich nicht glauben!«

»Oh, wir spielen beide ganz gut Theater«, sagte Evelyn. »Wir wollen beide keinen Krach in der Öffentlichkeit. Außerdem *gibt* es gar nichts, worüber wir streiten könnten.«

»Aber wieso –?« sagte Molly entgeistert.
»Immer dasselbe.«
»Was meinen Sie damit? Eine andere –?«
»Ja, es ist eine andere Frau im Spiel, Sie werden ganz leicht erraten, wer.«
»Meinen Sie Mrs. Dyson – Lucky?«
Evelyn nickte.
»Ich weiß, sie flirten viel miteinander«, sagte Molly, »aber ich dachte, das sei nur . . .«
»Nur gehobene Stimmung?« sagte Evelyn. »Und nichts dahinter?«
»Aber warum« – Molly suchte nach Worten – »haben Sie denn nicht – aber das geht mich wohl nichts an.«
»Fragen Sie ruhig«, sagte Evelyn. »Ich hab' es satt, nie ein Wort zu sagen, ich hab' es satt, immer nur die brave, glückliche Gattin zu spielen! Edward hat einfach bei Lucky total den Kopf verloren. Und dann war er noch dumm genug, damit zu mir zu kommen und es mir zu erzählen. Vielleicht war ihm dann leichter. Aufrichtigkeit, Ehrenhaftigkeit und so Sachen. Ob *mir* dann leichter würde, daran dachte er nicht.«
»Wollte er Sie verlassen?«
Evelyn schüttelte den Kopf. »Wir haben zwei Söhne, wissen Sie«, sagte sie. »Und wir hängen beide sehr an ihnen. Sie gehen in England zur Schule, und wir wollten das Zuhause nicht zerstören. Auch Lucky wollte keine Scheidung, denn Greg ist sehr reich, seine erste Frau hat ihm sehr viel hinterlassen. So haben wir beschlossen weiterzuleben, so gut es geht – Edward und Lucky in glücklicher Immoralität, Greg in gesegneter Ahnungslosigkeit, und Edward und ich einfach als gute Freunde.« Sie sprach mit leidenschaftlicher Erbitterung.
»Aber – wie halten Sie das durch?«
»Man gewöhnt sich an vieles. Nur manchmal –«
»Ja?« sagte Molly.
»Da möchte ich dieses Weib umbringen.«
Molly erschrak vor der Leidenschaft hinter diesen Wor-

ten.
»Aber Schluß damit«, sagte Evelyn. »Sprechen wir lieber von Ihnen. Ich möchte wissen, wo *Sie* der Schuh drückt.«
Nach einigem Schweigen sagte Molly: »Es ist nur – ich glaube, mit mir stimmt was nicht.«
»Stimmt etwas nicht? Wie meinen Sie das?«
Molly schüttelte unglücklich den Kopf. »Ich hab' Angst«, sagte sie. »Ich hab' schreckliche Angst.«
»Wovor?«
»Vor allem und jedem«, sagte Molly. »Es – wird immer ärger. Stimmen im Gesträuch, Schritte – oder Dinge, die die Leute sagen. Als wäre jemand die ganze Zeit hinter mir her, spioniert mir nach –. Es gibt jemanden, der mich haßt, dieses Gefühl werde ich nicht los. Es haßt mich jemand.«
»Mein liebes Kind!« Evelyn war tief erschrocken. »Seit wann ist das so?«
»Ich weiß nicht. Es kam – es begann nach und nach. Und es gab auch anderes.«
»Was zum Beispiel?«
»Es gibt Zeiten«, sagte Molly langsam, »von denen ich nichts weiß, an die ich mich einfach nicht erinnern kann.«
»Meinen Sie Bewußtseinslücken?«
»Ich glaube. Das ist – also zum Beispiel, es ist fünf Uhr – und ich kann mich seit halb zwei, zwei Uhr an nichts mehr erinnern.«
»Aber, meine Liebe, da sind Sie eben eingenickt!«
»Nein«, sagte Molly, »das ist ganz anders. Denn sehen Sie, wenn ich wieder zu mir komme, bin ich an einem anderen *Ort*. Manchmal bin ich sogar anders angezogen, und manchmal habe ich Dinge getan, sogar mit Leuten gesprochen und weiß gar nichts davon.«
Evelyn war bestürzt. »Aber Molly, meine Liebe, wenn das *so* ist, dann müssen Sie einen Arzt aufsuchen!«
»Ich will keinen Arzt *sehen*, ich will nicht! Nicht einmal in die *Nähe* geh' ich ihm!«
Evelyn blickte sie aufmerksam an, dann umfaßte sie die

Hand der jungen Frau.
»Vielleicht ist Ihre Angst ganz grundlos, Molly. Sie wissen doch, es gibt alle möglichen Nervenstörungen, die gar nicht so ernst sind! Ein Arzt könnte Sie vielleicht beruhigen.«
»Und wenn er's *nicht* kann? Wenn er sagt, daß es bei mir *wirklich* nicht stimmt?«
»Warum sollte es denn bei Ihnen nicht stimmen?«
»Weil –« Molly brach ab. »Ach, gar nichts.«
»Und Ihre Familie – könnte nicht die Mutter oder eine Schwester oder sonst irgendwer hierherkommen?«
»Meine Mutter kann ich nie ausstehn. Habe sie nie ausstehn *können* – Schwestern hab' ich zwar, verheiratete, sie könnten auch kommen – aber ich will sie nicht. Ich will niemanden – ich will nur Tim!«
»Weiß er Bescheid? Haben Sie's ihm erzählt?«
»Eigentlich nicht«, sagte Molly. »Aber er macht sich meinetwegen Sorgen und läßt mich nicht aus den Augen. So, als wollte er mir helfen, mich in Schutz nehmen. Aber das bedeutet doch, daß ich solchen Schutz nötig habe?«
»Ich glaube, Sie bilden sich vieles nur ein! Trotzdem meine ich, Sie sollten einen Arzt fragen.«
»Den alten Dr. Graham vielleicht? Der würde mir nicht helfen.«
»Es gibt auch noch andere Ärzte auf der Insel.«
»Ach, lassen Sie nur, es geht schon«, sagte Molly. »Ich darf nur nicht daran denken. Wahrscheinlich haben Sie recht, und es ist alles nur Einbildung – du lieber Gott! *So* spät ist es schon! Ich sollte längst im Speisesaal bedienen! Jetzt muß ich aber weg!«
Sie blickte Evelyn Hillingdon scharf, beinahe angriffslustig an und eilte dann zum Hotel. Evelyn starrte ihr nach.

»Ich glaube, da bin ich auf was draufgekommen, Alter!«
»Was sagst du da, Victoria?«
»Daß ich glaube, ich bin auf was draufgekommen. Vielleicht bedeutet es Geld – *viel* Geld!«
»Hör mal, sei lieber vorsichtig, daß du nicht in was 'reinkommst! Vielleicht ist's besser, du läßt mich das machen.«
Aber Victoria lachte nur.
»Wart es ab«, sagte sie. »Ich weiß schon, wie ich's machen muß! Da ist Geld für uns drin, Alter, ein Haufen Geld! Ich hab' was gesehen, und den Rest errate ich. Und ich glaube, ich rate richtig.«
Und wieder erklang das leise, volle Lachen in der Nacht.

»Evelyn . . .«.
»Ja?«
Evelyn Hillingdon sprach mechanisch, uninteressiert, ohne ihren Mann anzusehen.
»Evelyn, würde es dir viel ausmachen, das alles aufzugeben und heim nach England zu fahren?«
Sie war gerade beim Kämmen ihres kurzen dunklen Haars. Jetzt ließ sie die Arme sinken und wandte sich ihm zu.
»Du meinst – aber wir sind doch erst angekommen! Wir sind noch keine drei Wochen hier!«
»Ich weiß. Trotzdem: würde es dir was ausmachen?«
Sie blickte ihn ungläubig an.
»Du willst wirklich zurück nach England, wirklich nach Hause?«
»Ja.«
»Weg von Lucky?«
Er zuckte zusammen. »Du hast gewußt, daß – daß es immer noch weitergegangen ist?«
»Ja, ich habe es gewußt.«
»Du hast nie etwas gesagt!«
»Warum auch? Wir haben das Ganze vor Jahren bespro-

chen, keiner von uns wollte einen Bruch. Also sind wir übereingekommen, unsere eigenen Wege zu gehen und im übrigen den Schein zu wahren.« Und noch ehe er etwas erwidern konnte, fügte sie hinzu: »Aber warum willst du plötzlich so dringend nach England zurück?«
»Weil ich am Ende bin. Ich stehe es nicht länger durch, Evelyn. Ich kann nicht mehr!« Der sonst so ruhige Edward Hillingdon war wie ausgewechselt. Die Hände zitterten ihm, er schluckte, sein ruhiges, sonst so beherrschtes Gesicht war qualverzerrt.
»Um Himmels willen, Edward, was ist dir?«
»Gar nichts, außer, daß ich hier weg will.«
»Nun gut, du warst in diese Lucky verknallt, und jetzt bist du drüber hinweg. Das willst du mir doch sagen, oder?«
»Jawohl. Du wirst mir das nicht nachfühlen können –«
»Davon ist jetzt nicht die Rede! Ich möchte nur wissen, was dich aus der Fassung bringt, Edward!«
»Ich bin gar nicht so fassungslos.«
»Natürlich bist du's! Aber warum?«
»Liegt das nicht auf der Hand?«
»Nein«, sagte Evelyn. »Aber sprechen wir es aus, wie es ist: Du hast mit einer Frau ein Verhältnis gehabt. So etwas kommt vor. Und jetzt ist es vorbei. Oder nicht? Vielleicht bei *ihr* noch nicht? Ist es das? Weiß Greg davon? Das hab' ich mich oft gefragt!«
»Ich weiß nicht«, sagte Edward. »Gesagt hat er nie etwas. Er war immer recht freundlich.«
»Männer sind manchmal unglaublich beschränkt«, sagte Evelyn nachdenklich. »Oder aber – vielleicht hat auch Greg anderweitige Interessen!«
»Er hat es doch auch bei dir versucht, nicht wahr?« fragte Edward. »So sag es doch schon – ich weiß es!«
»Ach ja«, sagte Evelyn leichthin. »Aber das tut er bei allen. Greg ist nun einmal so, das bedeutet weiter nicht viel. Es gehört einfach zu seiner betont männlichen Art.«
»Bedeutet dir Greg etwas, Evelyn? Ich möchte die Wahrheit wissen.«

»Greg? – Ich habe ihn ganz gern – er unterhält mich. Er ist ein guter Freund.«
»Mehr nicht? Ich würd' es zu gern glauben!«
»Ich sehe wirklich nicht ein, was daran für dich so wichtig ist«, sagte Evelyn trocken.
»Ja, ich weiß – das hab' ich verdient.«
Evelyn ging zum Fenster, sah durch die Veranda hinaus und kam wieder zurück. »Edward, jetzt sag mir, was dich *wirklich* so durcheinanderbringt.«
»Ich hab' es dir schon gesagt.«
»Das bezweifle ich.«
»Vielleicht kannst du nicht verstehen, wie unbegreiflich einem eine solche vorübergehende Verrücktheit erscheint, sobald man darüber hinweg ist.«
»Ich kann es ja versuchen! Aber weit mehr Sorgen macht mir jetzt die Tatsache, daß Lucky dich irgendwie in der Hand hat. Sie ist nicht eine von denen, die man einfach ablegt. Sie ist ein Raubtier, das Krallen hat. Du *mußt* mir die Wahrheit sagen, Edward, wenn du willst, daß ich dir beistehe.«
»Wenn ich sie nicht bald aus den Augen habe, bringe ich sie noch *um*«, sagte Edward mit unterdrückter Stimme.
»Umbringen, Lucky? Warum?«
»Für das, wozu sie mich gebracht hat –«
»Wozu hat sie dich *gebracht*?«
»Zur Mithilfe bei einem Mord.«
Die Worte waren ausgesprochen. Es war ganz still. Evelyn starrte ihn an.
»Ist dir bewußt, was du da sagst?«
»Durchaus. Ich hatte damals ja keine Ahnung. Sie bat mich lediglich, ihr aus der Apotheke verschiedenes mitzubringen – aber ich hatte wirklich nicht die leiseste Ahnung, wozu sie es brauchte. Sie ließ mich ein Rezept, das sie besaß abschreiben . . .«
»Wann war das?«
»Vor vier Jahren. Wir waren damals in Martinique. Damals, als – als die Frau von Greg –«

»Du meinst Gregs erste Frau – Gail? Und daß Lucky sie vergiftet hat?«
»Ja. Und ich hab' ihr dabei geholfen. Als mir das klar wurde –«
Evelyn unterbrach ihn.
»Als dir das klar wurde, da hat Lucky dich darauf aufmerksam gemacht, daß *du* das Rezept geschrieben, daß *du* die Präparate geholt hattest und daß ihr nun im gleichen Boot sitzen würdet! Stimmt's?«
»Ja. Sie habe es aus Mitleid getan, sagte sie. Gail habe schon solche Schmerzen gelitten, daß sie Lucky angefleht habe, etwas zu besorgen, um ein Ende zu machen.«
»›Tötung auf Verlangen‹, ich verstehe. Und *das* hast du geglaubt?«
Edward Hillingdon schwieg einen Augenblick. Dann sagte er:
»Eigentlich nicht – ich *wollte* es nur glauben – weil ich in Lucky verliebt war.«
»Und später, als sie Greg geheiratet hatte – hast du's da immer noch geglaubt?«
»Da habe ich mich dazu gezwungen.«
»Und wieviel hat Greg davon gewußt?«
»Überhaupt nichts.«
»Das ist kaum glaublich!«
Jetzt brach es aus Edward Hillingdon: »Evelyn!« rief er, »ich *muß* das alles loswerden! Diese Frau wirft mir noch immer vor, was ich getan habe. Sie weiß genau, daß ich mir nichts mehr aus ihr mache. Ja, ich bin schon so weit, daß ich sie *hasse*! Aber sie hat mich an sich gefesselt durch das, was wir gemeinsam begangen haben!«
Evelyn ging im Zimmer auf und ab. Dann blieb sie stehen und blickte Edward an.
»Das ganze Unglück bei dir, Edward, ist deine lächerliche Empfindlichkeit, und daß du so unglaublich leicht beeinflußbar bist! Dieses Teufelsweib hat dich genau dort, wo sie dich haben will, indem sie dein Schuldgefühl gegen dich ausspielt. Und ich sage dir einfach, wie es schon in

der Bibel steht, die Schuld, die dich bedrückt, ist die Schuld des Ehebruchs – und *keine* Blutschuld! Schuldig hat dich nur dein Verhältnis mit Lucky gemacht, aber ihr ist es gelungen, dich auch noch zum Handlanger ihres Mordplans zu machen, so daß du dich jetzt als ein Mitschuldiger fühlst! Der *bist* du aber nicht!«
»Evelyn . . .« Er trat auf sie zu.
Sie trat zurück und blickte ihn prüfend an.
»Ist das alles auch wirklich wahr, Edward? Oder hast du's nur erfunden?«
»Evelyn! Warum um alles in der Welt sollte ich das!«
»Ach, ich weiß nicht«, sagte Evelyn langsam, »es ist vielleicht nur – weil ich kaum mehr jemandem traue. Und weil – ach, ich weiß es selbst nicht – wahrscheinlich bin ich schon so weit, daß ich die Wahrheit gar nicht mehr sehe!«
»Komm, lassen wir alles hinter uns – fahren wir heim nach England!«
»Ja, das werden wir. Aber nicht jetzt.«
»Warum nicht?«
»Wir müssen weitermachen wie bisher – wenigstens noch jetzt. Es ist von Bedeutung, verstehst du, Edward? Und Lucky darf überhaupt nicht merken, was wir vorhaben –«

13

Der Abend ging seinem Ende zu. Die Kapelle legte immer längere Pausen ein. Tim stand am Rande des Speisesaals und sah auf die Terrasse hinaus. Dann löschte er die Lichter auf den leergewordenen Tischen.
Eine Stimme sagte hinter ihm: »Tim, kann ich einen Augenblick mit Ihnen sprechen?«
Tim Kendal fuhr zusammen. »Hallo, Evelyn! Womit kann ich Ihnen dienen?«
Evelyn blickte sich um. »Kommen Sie, setzen wir uns für einen Moment an den Tisch dort!«

Sie schritt voraus zu einem Tisch am anderen Terrassenende, außer Hörweite der Gäste.
»Tim, seien Sie bitte nicht böse, daß ich davon spreche, aber ich mache mir Sorgen um Molly.«
Sofort änderte sich seine Miene.
»Was soll mit Molly sein?« fragte er steif.
»Es geht ihr gar nicht gut. Sie ist ja ganz durcheinander!«
»Ja, in letzter Zeit ist sie bei jedem Anlaß gleich ganz verstört.«
»Ich glaube, sie sollte sich untersuchen lassen!«
»Ja, ich weiß, aber sie will nicht. Sie will absolut nicht.«
»Aber warum will sie keinen Arzt konsultieren?«
»Ja nun«, sagte Tim vage, »das kommt manchmal vor, wissen Sie. Manche Leute fürchten sich dann zu sehr vor sich selbst.«
»Aber *Sie* machen sich doch auch Sorgen darüber, nicht wahr, Tim?«
»Jawohl, ja, das schon.«
»Und wenn jemand aus Mollys Verwandtschaft herkäme und bei ihr bliebe – ginge das?«
»Nein. Das würde alles noch ärger machen. Noch viel ärger!«
»Was ist denn da los – ich meine, mit ihrer Familie?«
»Oh, das ist so eine Sache. Wahrscheinlich ist Molly nur überempfindlich. Sie hat sich mit ihrer Verwandtschaft nie so recht vertragen – besonders mit ihrer Mutter nicht. Die ganze Familie ist ein bißchen verdreht, und Molly hat sich beizeiten von ihr getrennt. Ich kann ihr da nur recht geben.«
Zögernd sagte Evelyn: »Nach dem zu schließen, was sie mir erzählt hat, scheint sie Bewußtseinsstörungen gehabt zu haben und auch Angst vor den Leuten. Beinahe so etwas wie Verfolgungswahn.«
»Hören Sie mir auf!« sagte Tim ärgerlich. »Verfolgungswahn! Das sagt sich so leicht! Und das alles nur deshalb, weil – nun gut, ja sie ist vielleicht ein bißchen übernervös. Die neue, ungewohnte Umgebung hier draußen, all die

schwarzen Gesichter – wissen Sie, manchmal werden die Leute ganz komisch hier.«

»Aber doch sicher nicht eine junge Frau wie Molly!«

»Oh, wer kann schon sagen, wovor die Leute sich fürchten! Die einen können mit einer Katze nicht im gleichen Zimmer sein, und andere fallen schon in Ohnmacht, wenn ihnen eine Raupe auf die Kleider fällt.«

»Ich rede wirklich nicht gern davon – aber meinen Sie nicht, sie sollte vielleicht – nun, zu einem Psychiater gehen?«

»Auf gar keinen Fall!« Tim war richtig aufgebracht. »Solche Leute pfuschen mir nicht an ihr herum! Ich halte nichts von ihnen, die machen es nur *noch* ärger! Die haben schon ihre Mutter auf dem Gewissen . . .«

»Also *gab* es solche Schwierigkeiten in der Familie, nicht wahr? Ich meine einen Fall von« – sie wählte das Wort sorgfältig – »Labilität.«

»Darüber möchte ich nicht reden – ich habe sie aus all dem herausgeholt, und sie war völlig in Ordnung. Momentan hat sie eben nervöse Zustände . . . Aber daß die nicht vererblich sind, weiß doch heute jedes Kind! Das sind alles verschrobene Ansichten. Molly ist völlig gesund! Wissen Sie, was ich glaube? An allem ist nur dieser vertrackte Tod des alten Palgrave schuld!«

»Ach *so*«, sagte Evelyn nachdenklich. »Aber da war doch nichts, worüber man sich Sorgen machen müßte?«

»Natürlich nicht. Aber es ist eben doch ein Schock, wenn jemand so plötzlich stirbt.«

Er sah so unglücklich und verzweifelt aus, daß es Evelyn ins Herz schnitt. Sie faßte nach seinem Arm.

»Nun, Sie werden es selbst am besten wissen, Tim –, aber wenn ich Ihnen irgendwie helfen kann – ich könnte Molly zum Beispiel mitnehmen – wir könnten nach New York fliegen oder nach Miami oder sonstwohin, wo es erstklassigen ärztlichen Rat gibt.«

»Das ist wirklich lieb von Ihnen, Evelyn, aber Molly ist gar nicht krank. Sie wird das alles von sich aus überwinden.«

Zweifelnd schüttelte Evelyn den Kopf. Dann wandte sie sich langsam ab und blickte die Terrasse entlang. Schon hatten die meisten Gäste ihre Bungalows aufgesucht. Evelyn wollte noch an ihrem Tisch nachsehen, ob sie nichts vergessen hätte, als sie Tim aufschreien hörte. Rasch blickte sie auf und sah ihn, wie er nach den Stufen am Terrassenende starrte. Sie folgte seinem Blick, und auch ihr stockte der Atem.
Jemand stieg die Stufen vom Strand herauf. Es war Molly. Sie atmete in tiefen schluchzenden Zügen und taumelte merkwürdig richtungslos dahin. Tim schrie: »*Molly!* was ist mit dir?«
Gefolgt von Evelyn rannte er ihr entgegen. Molly hatte jetzt die oberste Stufe erreicht und stand da, die Hände auf dem Rücken. Unter fortwährendem Schluchzen brachte sie hervor:
»Ich hab' sie gefunden ... Sie liegt dort im Gebüsch ... Dort im Gebüsch ... Und schau meine Hände an – schau meine *Hände* an!« Sie streckte sie vor, und Evelyn verschlug es den Atem, als sie die dunklen Flecken sah.
»Was ist passiert, Molly?« rief Tim.
»Da unten«, sagte Molly. Sie schwankte. »Im Gebüsch ...«
Tim zögerte, blickte Evelyn an, schob Molly zu ihr hin und rannte die Stufen hinunter. Evelyn legte den Arm um die junge Frau.
»Kommen Sie, setzen Sie sich, Molly. Hierher. Und trinken Sie etwas.«
Molly sank auf dem Stuhl zusammen und lehnte sich auf die Tischplatte, die Stirn auf den gekreuzten Armen. Evelyn stellte keine Fragen. Erst sollte Molly sich beruhigen.
»Es wird schon alles gut, glauben Sie mir«, sagte Evelyn ruhig. »Es wird alles wieder gut.«
»Ich weiß nicht«, sagte Molly. »Ich weiß nicht, was passiert ist. Ich weiß nichts. Ich kann mich an nichts erinnern. Ich –« sie hob plötzlich den Kopf. »Was ist mit mir los? Was ist denn mit mir *los*?«

»Schon gut, mein Kind, schon gut. Es ist alles in Ordnung.«
Jetzt kam Tim langsam die Treppe herauf, mit kreidebleichem Gesicht. Evelyn sah ihm mit fragender Miene entgegen.
»Es ist eines von unseren Mädchen«, sagte er. »Wie heißt sie nur – Victoria. Jemand hat sie erstochen.«

14

Molly lag auf ihrem Bett. An seiner einen Seite standen Dr. Graham und der Polizeiarzt Dr. Robertson, an seiner anderen stand Tim. Robertson fühlte Molly den Puls. Er nickte dem Mann am Fußende des Bettes zu, einem schlanken farbigen Polizisten, Inspektor Weston von der St.-Honoré-Polizei.
»Nur eine einfache Aussage – nicht mehr!«
Der Inspektor nickte.
»Nun, Mrs. Kendal, sagen Sie uns nur, wie Sie das Mädchen gefunden haben.«
Zunächst schien es, als habe die auf das Bett hingestreckte Gestalt nichts gehört. Dann aber sprach sie mit schwacher abwesender Stimme:
»Im Gebüsch – weiß . . .«
»Sie haben also etwas Weißes erblickt – und dann nachgesehen, was es war. Ist es so gewesen?«
»Ja – etwas Weißes – ich wollte – wollte es aufheben – Sie – es – Blut! Die Hände voll Blut!« Sie zitterte.
Dr. Graham schüttelte den Kopf. Dr. Robertson murmelte: »Sie müssen sehr behutsam mit ihr sein!«
»Was haben Sie auf dem Strandweg gemacht, Mrs. Kendal?«
»Warm – schön – das Meer –«
»Haben Sie das Mädchen erkannt?«
»Victoria – nettes Mädchen – immer gelacht – und jetzt

wird sie nicht – sie wird nie wieder lachen. Ich werde das nie vergessen – ich werd' es nie vergessen.« Die Stimme wurde hysterisch.

»Molly – *nicht!*« Es war Tim.

»Ruhig – nur die Ruhe!« Dr. Robertson sprach mit ruhiger Autorität. »Entspannen Sie sich – ganz locker – so, und jetzt noch ein ganz kleiner Stich –« Er zog die Injektionsnadel zurück.

»Für mindestens vierundzwanzig Stunden nicht vernehmungsfähig«, sagte er. »Ich gebe Ihnen Bescheid, sobald sie soweit ist.«

Der große, gutaussehende Neger blickte die beiden am Tisch sitzenden Männer abwechselnd an.

»Ich schwöre bei Gott«, sagte er, »mehr weiß ich nicht. Ich hab' Ihnen alles gesagt.«

Seine Stirn war schweißnaß. Daventry seufzte. Der vernehmungsführende Inspektor Weston vom C.I.D. in St. Honoré machte eine entlassende Geste. Big Jim Ellis schlurfte aus dem Zimmer.

»Natürlich weiß er mehr«, sagte Weston. »Aber das werden wir nicht aus ihm herauskriegen.«

»Sie halten ihn für unverdächtig?« fragte Daventry.

»Jawohl. Die beiden haben gut miteinander gelebt.«

»Waren aber nicht verheiratet?«

Inspektor Weston lächelte flüchtig. »Nein«, sagte er, »verheiratet waren sie nicht. Bei uns hier wird selten geheiratet. Aber es wird getauft. Er hat zwei Kinder mit Victoria.«

»Glauben Sie, daß er die Hand im Spiel hatte – was immer es war?«

»Kaum. Dazu ist er nicht der Mann. Außerdem dürfte sie zu wenig gewußt haben.«

»Aber für eine Erpressung hat es gereicht?«

»Erpressung? Ich glaube, das Mädchen hätte nicht einmal das *Wort* verstanden! Schweigegeld und Erpressung, das ist zweierlei. Es gibt hier eine Menge reicher Gäste, deren Privatleben nicht viel Nachforschung verträgt.«

»Ja, es läuft hier alles mögliche herum«, sagte Daventry. »So manche Dame hier schläft nicht nur im eigenen Bett, und da stopft ein Trinkgeld so manchem Zimmermädchen den Mund.«
»Genau.«
»Aber«, warf Daventry ein, »hier haben wir es mit Mord zu tun!«
»Vermutlich hat das Mädchen den Ernst der Sache unterschätzt. Sie muß irgend etwas gesehen haben, das mit diesen Tabletten zusammenhängt. Und da es Mr. Dysons Tabletten waren, schlage ich vor, ihn als nächsten zu vernehmen.«
Gregory trat in seiner gewohnt herzlichen Art ein.
»Da bin ich, meine Herren!« sagte er. »Was möchten Sie gern wissen? Schade um das nette Mädel! Wir hatten sie beide ins Herz geschlossen. Wahrscheinlich hat sie sich mit einem Mann gestritten, aber sie war doch immer ganz zufrieden, keine Spur von Schwierigkeiten! Noch gestern abend waren wir ganz vergnügt.«
»Sie nehmen Serenit, Mr. Dyson?«
»Ja. Diese kleinen rosa Tabletten.«
»Vom Arzt verschrieben?«
»Ja, ich kann Ihnen das Rezept zeigen. Mein Blutdruck ist zu hoch, wie das jetzt so häufig ist.«
»Aber kaum jemand hat davon gewußt!«
»Nun, ich binde es niemandem auf die Nase. Ich bin immer gesund gewesen und gut beisammen und rede nicht gern von meinen Beschwerden.«
»Wieviel Tabletten nehmen Sie?«
»Zwei bis drei pro Tag.«
»Da haben Sie wohl einen großen Vorrat davon?«
»Ja – ein halbes Dutzend Fläschchen. Aber die sind weggeschlossen in einem Koffer, nur die Gebrauchspackung steht griffbereit im Zimmer.«
»Und neulich haben Sie das angebrochene Fläschchen vermißt?«
»Ganz richtig.«

»Und haben Victoria Johnson danach gefragt?«
»Ja, das stimmt.«
»Und was hat sie gesagt?«
»Sie sagte, sie habe es zuletzt auf unserem Badezimmerbord gesehen, werde sich aber umsehen.«
»Und dann?«
»Ein paar Tage später brachte sie das Fläschchen zurück und fragte, ob es das richtige sei.«
»Und was haben *Sie* gesagt?«
»Ich sagte: ›Ach, meine Serenit-Tabletten! – Wo haben Sie denn die her?‹ Und *sie* sagte: ›Im Zimmer des Herrn, der jetzt tot ist.‹ Ich fragte natürlich, wie sie dorthingekommen seien.«
»Und was gab sie zur Antwort?«
»Sie sagte, das wisse sie nicht, aber –« Er zögerte.
»Ja, Mr. Dyson?«
»Nun, sie machte ganz den Eindruck, als wüßte sie mehr, als sie sagte, aber ich achtete nicht weiter darauf. Es schien mir auch nicht wichtig, denn, wie gesagt, ich habe ja noch weitere Fläschchen. Ich war der Meinung, die Tabletten im Speisesaal oder sonstwo liegengelassen zu haben. Vielleicht hatte der alte Palgrave sie an sich genommen, um sie mir bei Gelegenheit zurückzugeben, und es dann vergessen.«
»Ist das alles, Mr. Dyson?«
»Ja. Leider kann ich Ihnen nicht mehr darüber sagen. Ist es so wichtig? Und warum?«
Weston zuckte die Achseln. »In so einem Fall kann alles von Wichtigkeit sein«, sagte er.
»Ich verstehe nicht, was die Tabletten damit zu tun haben sollen! Ich dachte, Sie wollten wissen, was ich zur Tatzeit gemacht habe. Das hab' ich nach bestem Wissen niedergeschrieben.«
Weston sah ihn nachdenklich an.
»Wirklich? Das war sehr aufmerksam, Mr. Dyson.«
»Ich wollte Ihnen Zeit und Mühe ersparen«, sagte Greg und schob ein Blatt Papier über den Tisch.

Weston studierte es, und Daventry zog seinen Stuhl heran, um ihm dabei über die Schulter blicken zu können.
»Das scheint alles ganz klar«, sagte Weston nach einiger Zeit. »Bis zehn vor neun haben Sie und Ihre Frau sich im Bungalow zum Dinner umgekleidet. Dann sind Sie zur Terrasse hinüber und haben mit Señora de Caspearo etwas getrunken. Viertel nach neun sind Oberst Hillingdon und Frau dazugekommen, und dann sind Sie gemeinsam zum Dinner hineingegangen. Und soweit Sie sich erinnern können, waren Sie um zirka halb zwölf schon im Bett.«
»Natürlich weiß ich nicht, um welche Zeit der Mord geschehen ist«, sagte Greg.
Leutnant Weston überhörte die versteckte Frage.
»Wie ich gehört habe, hat Mrs. Kendal die Leiche gefunden? Das muß ein böser Schock für sie gewesen sein!«
»Ja. Dr. Robertson mußte ihr ein Beruhigungsmittel geben.«
»Es war schon recht spät, nicht wahr, die meisten Leute waren schon zu Bett gegangen.«
»Ja.«
»War sie schon lange tot! Ich meine, *bevor* Mrs. Kendal sie fand?«
»Über die genaue Zeit ist noch nichts bekannt«, sagte Weston glatt.
»Arme kleine Molly! Es muß wirklich ein schöner Schock für sie gewesen sein! Eigentlich hab' ich sie gestern abend gar nicht bemerkt. Ich dachte schon, vielleicht leidet sie an Kopfschmerzen und hat sich zurückgezogen.«
»Wann haben Sie Mrs. Kendal zum letztenmal gesehen?«
»Oh, das war noch ziemlich früh, bevor ich mich umziehen ging. Sie war mit den Gedecken beschäftigt, hat die Messer neu aufgelegt.«
»Aha!«
»Um diese Zeit war sie noch ganz munter«, sagte Greg. »Machte ihre Späße dazu und so. Sie ist überhaupt ein netter Kerl, wir mögen sie alle gern. Tim ist ein Glückspilz.«
»Schön. Wir danken Ihnen, Mr. Dyson. An weitere De-

tails bei der Rückgabe der Tabletten können Sie sich nicht erinnern?«

»Nein ... Es war, wie ich sage. Sie fragte mich, ob das meine Tabletten seien, und sagte, sie habe sie im Zimmer des alten Palgrave gefunden.«

»Und sie hatte keine Ahnung, wer sie dorthin gestellt hatte?«

»Ich glaube nicht – kann mich wirklich nicht erinnern.«

»Danke, Mr. Dyson.«

Gregory ging.

»Sehr aufmerksam von ihm«, sagte Weston, auf das Blatt tippend, »so ängstlich auf sein Alibi bedacht zu sein!«

»Wohl ein wenig überängstlich?« fragte Daventry.

»Das ist schwer zu sagen. Manche Leute sind von Natur aus auf ihre Sicherheit bedacht und wollen nicht gern in etwas verwickelt werden. Da muß gar kein Schuldbewußtsein dahinterstecken. Anderseits könnte es gerade das sein.«

»Wie steht's mit der Gelegenheit? Eigentlich kann doch niemand ein einwandfreies Alibi erbringen! Die Kapelle spielte, es wurde getanzt, und alles war in Bewegung. Die Damen zogen sich für kurze Zeit zurück, um sich frisch zu pudern, und die Herren haben sich ein wenig die Beine vertreten. Dyson hätte sich sehr wohl davonschleichen können, so wie jeder andere auch. Aber er scheint uns zeigen zu wollen, daß er es auf keinen Fall gewesen sein kann.« Gedankenverloren blickte er auf das beschriebene Blatt. »Mrs. Kendal hat also die Messer neu aufgelegt«, sagte er. »Ich möchte wissen, ob er das mit Absicht erwähnt hat.«

»Hatten Sie den Eindruck?«

Daventry dachte nach. »Möglich wäre es.«

Von draußen klang Lärm herein. Eine hohe Stimme bestand durchdringend darauf, eingelassen zu werden: »Ich muß etwas erzählen, ich hab' eine Aussage zu machen! Führen Sie mich zu den Herren hinein, zu den Herren von der Polizei!«

Ein uniformierter Polizist stieß die Tür auf.
»Da ist einer von den Köchen, der Sie unbedingt sprechen möchte«, meldete er. »Er sagt, er hat eine wichtige Aussage zu machen.«
Ein verstörter Schwarzer mit einer Kochmütze drängte sich ins Zimmer. Es war einer von den Hilfsköchen, ein Kubaner.
»Ich muß Ihnen was sagen, ich muß«, sprudele er hervor. »Sie kam durch meine Küche mit einem Messer in der Hand! Ich sage Ihnen, mit einem Messer! Sie ging einfach durch und 'raus aus der Tür, 'raus in den Garten! Ich hab' es selbst gesehn!«
»Beruhige dich erst einmal«, sagte Daventry. »Nur immer mit der Ruhe! Wen meinst du denn überhaupt?«
»Aber das sag' ich doch die ganze Zeit! Es war die Frau vom Chef, Mrs. Kendal war es! *Die* hab' ich gemeint. Mit dem Messer in der Hand ist sie in die Finsternis hinaus – das war noch vor dem Dinner. Und sie ist *nicht zurückgekommen.*«

15

»Können wir ein Wort mit Ihnen sprechen, Mr. Kendal?«
»Selbstverständlich!« Tim blickte von seinem Schreibtisch auf, schob einige Papiere zur Seite und wies auf die Stühle. Er wirkte müde und unlustig. »Wie kommen Sie voran? Machen Sie Fortschritte? Das ist wie ein Verhängnis über diesem Haus! Die Gäste wollen abreisen, verlangen Flugkarten. Ausgerechnet jetzt, wo sich alles so gut anließ! Mein Gott, Sie wissen ja nicht, was dieser Betrieb für mich und Molly bedeutet. Wir haben alles auf eine Karte gesetzt!«
»Ja, für Sie muß das sehr bitter sein«, sagte Inspektor Weston. »Wir fühlen ganz mit Ihnen, glauben Sie uns das!«

»Wenn sich nur alles rasch aufklären würde«, sagte Tim. »Diese unselige Victoria! – Ja, ich weiß, ich sollte nicht so von ihr reden, sie war ein recht braves Mädchen. Aber hinter der ganzen Sache kann doch nicht viel stecken – irgendeine ihrer Liebesaffären eben! Vielleicht auch ihr Mann ...«

»Jim Ellis war nicht mit ihr verheiratet, und außerdem scheinen die beiden recht friedlich miteinander gelebt zu haben.«

»Wenn sich das Ganze nur *rasch* aufklären ließe«, wiederholte Tim. »Aber entschuldigen Sie. Sie wollten doch eine Auskunft.«

»Ja. Und zwar ist es wegen gestern nacht. Laut ärztlichem Befund wurde Victoria zwischen zehn Uhr dreißig abends und Mitternacht ermordet. Unter den gegebenen Umständen ist ein Alibi von niemandem leicht zu erbringen. Die Leute gehen umher, tanzen, verlassen die Terrasse, kommen zurück. Das macht die Sache schwierig.«

»Ja, das ist wahr. Aber soll das heißen, daß Sie den Täter unter den Hotelgästen vermuten?«

»Wir müssen diese Möglichkeit untersuchen, Mr. Kendal. Aber der eigentliche Grund meines Kommens ist die Aussage von einem Ihrer Köche.«

»Von welchem? Und was sagt er?«

»Er heißt Enrico und sagt aus, Ihre Frau sei vom Speisesaal durch die Küche mit einem Messer in der Hand in den Garten hinausgegangen.«

Tim starrte ihn an.

»Molly ein Messer in der Hand? Ja, aber warum denn nur? Ich meine – Sie werden doch nicht glauben – Was wollen Sie damit sagen?«

»Es war noch vor dem Erscheinen der Gäste im Speisesaal, also so gegen acht Uhr dreißig. Sie waren selbst im Speisesaal anwesend und sprachen, glaube ich, mit Ihrem Ober Fernando.«

Tim überlegte. »Ja«, sagte er dann, »ja, ich erinnere mich.«

»Und Ihre Frau kam von der Terrasse herein?«

»Ja, das stimmt«, bestätigte Tim. »Sie sieht gewöhnlich noch einmal nach den Tischen. Manchmal decken die Boys nicht richtig, vergessen ein Besteck oder dergleichen. Wahrscheinlich war sie deshalb draußen. Vielleicht hat sie die Messer neu aufgelegt und ein überzähliges in der Hand gehabt.«
»Als sie von der Terrasse in den Speisesaal kam – hat sie da mit Ihnen gesprochen?«
»Ja, wir haben ein paar Worte gewechselt.«
»Wissen Sie noch, was sie gesagt hat?«
»Ich glaube, ich hab' sie gefragt, mit wem sie gesprochen habe. Ich hatte sie draußen mit jemandem sprechen hören.«
»Und mit wem wollte sie gesprochen haben?«
»Mit Gregory Dyson.«
»Ah, ja. Das hat er ja auch gesagt.«
Tim fuhr fort: »Er ist, glaube ich, zudringlich geworden. So was macht er gern. Ich ärgerte mich darüber und sagte, Molly solle ihn abblitzen lassen, und sie lachte und sagte, sie wisse schon, was sie zu tun habe. Molly ist da sehr geschickt. Wissen Sie, in unserem Beruf ist das nicht immer leicht. Man will den Gast nicht beleidigen, also muß ein hübsches Mädchen wie Molly solche Dinge mit Lachen und Achselzucken übergehen. Dieser Dyson rennt doch jeder Schürze nach!«
»Weiter hat es nichts zwischen den beiden gegeben?«
»Nicht, daß ich wüßte. Wie gesagt, ich glaube, sie hat es einfach mit einem Lachen abgetan.«
»Und Sie wissen nicht sicher, ob sie ein Messer in der Hand gehabt hat?«
»Ich kann mich nicht erinnern, bin aber fast sicher, daß sie kein Messer in der Hand hielt – nein, sie hat keines gehabt.«
»Aber Sie haben doch eben gesagt . . .«
»Hören Sie, ich habe gemeint, es sei durchaus möglich, daß sie im Speisesaal oder in der Küche ein Messer in der Hand gehalten hat. Aber als sie von der Terrasse *herein-*

kam, hatte sie *nichts* in der Hand. *Gar* nichts. Das ist sicher.«

»Aha, so ist das«, sagte Weston

Beunruhigt sah Tim ihn an. »Worauf in aller Welt wollen Sie hinaus? Was hat dieser Dummkopf Enrico oder Manuel, oder wer immer es war, gesagt?«

»Er hat gesagt, Ihre Frau sei ganz verstört in die Küche gekommen und habe ein Messer in der Hand gehabt.«

»Er dramatisiert einfach.«

»Haben Sie während des Dinners oder nachher noch mit Ihrer Frau gesprochen?«

»Nein, ich glaube nicht. Es war sehr viel zu tun.«

»War Ihre Frau während des Essens im Speisesaal?«

»Ich – nun, wir gehen immer zwischen den Tischen herum und geben acht, daß alles klappt.«

»Haben Sie dabei mit ihr gesprochen?«

»Nein, ich glaube nicht ... Da sind wir meist zu beschäftigt. Man sieht nicht immer, was der andere tut, und findet gewiß keine Zeit, sich mit ihm zu unterhalten.«

»Sie können sich also nicht erinnern, mit ihr gesprochen zu haben, *bevor* sie drei Stunden später die Leiche gefunden hatte?«

»Das war ein furchtbarer Schock und brachte sie entsetzlich durcheinander.«

»Ja, ich weiß. Aber wie kommt es, daß sie den Strandweg entlangging?«

»Nach dem Wirbel beim Dinner geht sie oft ein wenig Luft schnappen, wissen Sie, nur für ein paar Minuten.«

»Als sie zurückkam, waren Sie gerade mit Mrs. Hillingdon im Gespräch, nicht wahr?«

»Alle anderen waren, soweit ich sehen konnte, schon zu Bett gegangen.«

»Worüber unterhielten Sie sich mit Mrs. Hillingdon?«

»Über nichts Besonders – warum? Was hat sie gesagt?«

»Bisher noch nichts, weil wir sie noch nicht befragt haben.«

»Wir sprachen über alles mögliche. Über Molly, die Gast-

ronomie und manches andere.«
»Und dann – kam Ihre Frau die Terrassenstufen herauf und sagte Ihnen, was passiert war?«
»Ja.«
»Sie hatte Blut an den Händen?«
»Ja, natürlich! Sie hatte doch versucht, das Mädchen aufzuheben, da sie nicht wußte, was mit ihr los war. Dabei hat sie sich mit Blut besudelt. Was zum Teufel wollen Sie ihr eigentlich unterstellen? Denn Sie *wollen* doch etwas unterstellen?«
»Bitte, bleiben Sie doch ruhig«, sagte Daventry. »Ich weiß schon, daß Sie das alles sehr hernimmt, Tim; aber wir müssen den Sachverhalt klarstellen. Soviel ich gehört habe, hat Ihre Frau sich in letzter Zeit nicht wohl gefühlt?«
»Unsinn – sie ist ganz in Ordnung. Der Tod des Majors hat sie ein wenig aus dem Gleichgewicht gebracht – sie ist eben eine sensible junge Frau.«
»Wir werden ihr ein paar Fragen stellen müssen, sobald sie kräftig genug dazu ist«, sagte Weston.
»Nun gut, aber jetzt können Sie das nicht. Der Doktor hat ihr ein Beruhigungsmittel gegeben und jede Störung verboten. Und auch ich möchte jede Aufregung oder Einschüchterung vermieden wissen, wollen Sie das bitte berücksichtigen!«
»Von Einschüchterung kann keine Rede sein«, sagte Weston. »Wir müssen lediglich gewisse Tatsachen ermitteln. Sobald der Arzt es uns erlaubt, werden wir mit ihr sprechen müssen.« Er sagte es freundlich, aber unbeirrbar.
Tim sah ihn an, wollte etwas sagen – und schwieg.

Ruhig und gelassen wie gewöhnlich nahm Evelyn Hillingdon auf dem angebotenen Sessel Platz. Sie ließ sich Zeit, die wenigen ihr gestellten Fragen zu überdenken. Ihre dunklen intelligenten Augen ruhten gedankenvoll auf Weston.
»Ja«, sagte sie schließlich, »ich habe mit Mr. Kendal auf

der Terrasse gesprochen, als seine Frau die Treppe heraufkam, noch ganz verstört von ihrer Entdeckung.«
»Mr. Hillingdon war nicht zugegen?«
»Nein, der war schon zu Bett.«
»Hatten Sie für Ihr Gespräch mit Mr. Kendal einen besonderen Anlaß?«
Evelyn hob die feingezeichneten Brauen, was einer klaren Zurechtweisung gleichkam, und sagte kühl:
»Welche *Frage*! Nein – unser Gespräch hatte keinerlei besonderen Anlaß.«
»Wurde über den Gesundheitszustand seiner Frau gesprochen?«
Wieder ließ Evelyn sich Zeit. »Ich weiß es wirklich nicht mehr«, sagte sie schließlich.
»Wissen Sie es tatsächlich nicht mehr?«
»Ob ich weiß, daß ich es nicht mehr weiß? Kurios. Man spricht so vieles – und zu so verschiedenen Zeiten.«
»Ich habe gehört, Mrs. Kendal sei in letzter Zeit nicht ganz gesund gewesen – was sagen Sie dazu?«
»Sie sah recht gesund aus – vielleicht ein wenig abgespannt. Aber die Führung eines solchen Hauses bringt eine Menge Sorgen mit sich, und Mrs. Kendal hat keine Erfahrung. Da gehen einem ab und zu schon die Nerven durch.«
»› . . . die Nerven durch‹«, wiederholte Weston. »Sie wollen also ihren Zustand so charakterisieren?«
»Ach, das ist nur so ein altmodischer Ausdruck, aber er ist ebensogut wie der moderne Jargon, der einen Gallenanfall für eine Virusinfektion ausgibt und ›Angstneurose‹ für die kleinen Widrigkeiten des täglichen Lebens sagt!«
Ihr Lächeln bewirkte, daß Weston sich ein wenig albern vorkam. Diese Evelyn Hillingdon ist eine gescheite Frau, dachte er. Dann sah er Daventrys ungerührte Miene, fragte sich, was der wohl denken mochte, und sagte:
»Ich danke Ihnen, Mrs. Hillingdon.«

»Wir wollen nicht lästig fallen, Mrs. Kendal, aber wir

brauchen eine genaue Schilderung von Ihnen, auf welche Weise Sie die Tote gefunden haben. Dr. Graham meint, Sie hätten sich weit genug erholt, um jetzt darüber sprechen zu können.«
»O ja«, sagte Molly, »ich bin schon wieder ganz die alte.« Ihr dünnes Lächeln verriet Nervosität. »Es war nur ein Schock – aber *was* für einer, wissen Sie.«
»Ja, das kann man sich vorstellen – Sie sind also nach dem Dinner spazierengegangen?«
»Ja – das tue ich oft.«
Daventry stellte fest, daß ihr Blick unstet war und ihre Finger sich abwechselnd verkrampften und wieder lösten.
»Um welche Zeit soll das gewesen sein, Mrs. Kendal?« fragte Weston.
»Also das weiß ich wirklich nicht – wir halten uns nicht so sehr an eine bestimmte Zeit.«
»Spielte die Kapelle noch?«
»Ja – zumindest glaube ich es – aber erinnern kann ich mich nicht mehr.«
»Welchen Weg sind Sie gegangen?«
»Oh, den Strandweg.«
»In welcher Richtung?«
»Nun – zuerst in der einen Richtung – und dann in der anderen. Ich – ich habe gar nicht darauf geachtet.«
»Warum nicht, Mrs. Kendal?«
Sie zog die Stirn in Falten. »Ja, ich muß wohl in Gedanken gewesen sein!«
»Haben Sie über etwas Bestimmtes nachgedacht?«
»Nein – gar nichts Besonderes – nur über Dinge, die das Hotel betreffen.« Wieder verkrampften und lösten sich ihre Finger. »Und dann – bemerkte ich etwas Weißes – in einer Gruppe von Hibiskusbüschen – und wollte sehen, was das sei. Ich blieb stehen und – und zog –« sie schluckte krampfhaft– »und dann war es *sie* – Victoria – ganz verkrümmt lag sie da, und ich versuchte, ihren Kopf zu heben, und da spürte ich das Blut - auf meinen Händen.« Sie blickte die Männer an und wiederholte erstaunt,

als hielte sie es noch immer nicht für möglich. »*Blut* – auf meinen Händen.«
»Ja, ja – ein gräßliches Erlebnis. Darüber brauchen Sie uns gar nichts weiter zu erzählen. Aber wie lange, schätzen Sie, sind Sie schon am Strand gewesen, bevor Sie die Leiche gefunden haben?«
»Ich weiß nicht – keine Ahnung!«
»Eine Stunde? Eine halbe Stunde? Oder länger als eine Stunde –«
»Ich kann es nicht sagen«, beharrte Molly.
»Haben Sie auf Ihren Spaziergang ein Messer mitgenommen?«
»Ein Messer?« klang es überrascht. »Warum denn ein Messer?«
»Ach, nur, weil jemand vom Küchenpersonal meinte, ein Messer in Ihrer Hand gesehen zu haben, als Sie durch die Küche in den Garten gingen.«
Abermals zog Molly die Stirn in Falten.
»Aber ich bin ja gar nicht aus der Küche gegangen – ach, Sie meinen früher, *vor* dem Dinner! Ich – ich glaube *nicht* –«
»Haben Sie vielleicht das Besteck auf den Tisch neu aufgelegt?«
»Das muß ich manchmal. Immer wieder wird falsch aufgedeckt – einmal sind's zu viele Messer, dann wieder zu wenige. Und mit den Gabeln und Löffeln ist es nicht anders.«
»Und war das an jenem Abend auch so?«
»Das ist durchaus möglich – aber es geschieht automatisch, ohne daß man etwas dabei denkt. Darum erinnere ich mich nicht –«
»Es wäre also möglich, daß Sie an diesem Abend mit einem Messer in der Hand aus der Küche gegangen sind?«
»Ich glaube nicht, daß ich das getan habe – ja, ich bin sogar sicher.« Sie fügte hinzu: »Tim war ja da – er wird es wissen. Fragen Sie ihn.«

»Haben Sie diese Victoria gern um sich gehabt? War sie eine tüchtige Kraft?« fragte Weston.
»Ja – sie war ein sehr nettes Mädchen.«
»Und Sie hatten nie Streit mit ihr?«
»Streit? Nein.«
»Sie hat Sie niemals irgendwie bedroht?«
»*Mich* bedroht? Was soll das heißen?«
»Ach, das ist nicht so wichtig ... Sie haben keinen Verdacht, wer sie ermordet haben könnte? Überhaupt keine Ahnung?«
»Gar keine.« Sie sagte es sehr bestimmt.
»Nun, dann danken wir Ihnen, Mrs. Kendal.« Er lächelte.
»War es sehr schrecklich?«
»Ist das denn alles?«
»Im Moment – ja.«
Daventry erhob sich, öffnete ihr die Tür und sah zu, wie sie hinausging.
»›Tim wird es wissen‹«, zitierte er, während er zu seinem Stuhl zurückging. »Und Tim sagt ausdrücklich, daß sie *kein* Messer hatte!«
Weston sagte ernst: »Ich glaube, jeder Gatte würde so aussagen.«
»Nun, ein Tafelmesser dürfte für einen Mord kaum geeignet sein.«
»Aber es war ein Fleischmesser, Mr. Daventry! An jenem Abend standen Steaks auf dem Menü. Und Fleischmesser sind scharf!«
»Ich sträube mich dagegen, in ihr eine kaltblütige Mörderin zu sehen!«
»Das ist auch noch gar nicht behauptet worden. Möglicherweise ist Mrs. Kendal vor dem Dinner in den Garten hinausgegangen und hat dabei tatsächlich ein Messer in der Hand gehabt – weil es auf einem der Tische überzählig war. Vielleicht hat sie das gar nicht bewußt getan, hat es dann irgendwo hingelegt oder gar fallen lassen. Jemand anderer kann es dann gefunden und benützt haben. Auch ich halte sie nicht für tatverdächtig.«

»Trotzdem«, sagte Daventry nachdenklich, »ich habe das Gefühl, daß sie nicht alles sagt, was sie weiß. Diese vagen Zeitangaben sind doch recht merkwürdig. Wo ist sie wirklich gewesen? Was hat sie draußen gemacht? Niemand scheint sie an diesem Abend im Speisesaal bemerkt zu haben.«

»*Er* war da wie immer – seine Frau aber nicht –«

»Glauben Sie, daß sie jemanden treffen wollte – Victoria Johnson vielleicht?«

»Kann sein – vielleicht hat sie aber auch den gesehen, der Victoria treffen wollte.«

»Sie denken an Gregory Dyson?«

»Wir wissen, daß er vorher mit Victoria gesprochen hat. Er kann dabei mit ihr vereinbart haben, sie später zu treffen. Sie erinnern sich, alle waren auf der Terrasse in Bewegung – beim Tanzen, beim Trinken – und dann noch das Aus und Ein in der Bar!«

»So eine Tanzveranstaltung ist das beste Alibi!« sagte Daventry und schnitt eine Grimasse.

16

Jeder zufällige Beobachter hätte geglaubt, die sanfte ältere Dame, die so tief in Gedanken vor ihrem Bungalow stand, denke nur darüber nach, wie sie sich den Tag einteilen solle – vielleicht eine Fahrt zum Castle Cliff, ein Besuch in Jamestown, dann eine hübsche Fahrt zum Lunch nach Pelican Point – oder sollte sie nur einen ruhigen Vormittag am Strand –

Aber die sanfte alte Dame hatte ganz andere Dinge im Kopf: sie war in streitbarer Stimmung.

»Es muß endlich etwas *geschehen*«, sagte sie sich. Überdies war sie überzeugt, daß die Zeit drängte.

Aber wen konnte *sie* davon überzeugen? Ja, hätte sie mehr Zeit gehabt – sie hätte die Wahrheit schon allein heraus-

gefunden! Sie hatte nämlich schon eine ganze Menge herausgefunden, aber leider nicht genug – bei weitem nicht! Und die Zeit drängte.
Schmerzlich wurde sie sich bewußt, wie sehr ihr auf dieser paradiesischen Insel ihre üblichen Verbündeten fehlten.
Mit Bedauern gedachte sie ihrer Freunde in England. Da war Sir Henry Clithering, der ihr jederzeit nachsichtig zuhörte, da war sein Patenkind Dermot, der trotz seiner gehobenen Stellung bei Scotland Yard jederzeit bereit war, hinter Miss Marples Vermutungen etwas Ernstzunehmendes zu sehen.
Aber würde dieser eingeborene Polizeioffizier sich für das Drängen der alten Dame interessieren? Oder Dr. Graham? Aber Dr. Graham war nicht der Mann, den sie brauchte – er war zu freundlich, zu abwägend, kein Mann der raschen Entschlüsse oder gar Taten. Miss Marple, die sich selbst eher als demütiges Werkzeug des Allmächtigen fühlte, war nahe daran, ihre Not in biblischer Sprache hinauszurufen:
›Wer wird an meiner Statt gehen?‹
›Wen soll ich senden?‹
Das, was diesem Stoßgebet auf dem Fuß folgte, war weit davon entfernt, von Miss Marple als Antwort erkannt zu werden. Es klang eher, als riefe ein Mann seinen Hund zu sich.
»He!«
Miss Marple, tief in Gedanken, achtete nicht darauf.
»*He*!« Jetzt klang es schon stärker, so daß Miss Marple sich erschrocken umsah.
»*He*!« schrie Mr. Rafiel und setzte hinzu: »*Sie* dort!«
Miss Marple hatte Mr. Rafiels »He, Sie dort!« nicht im entferntesten auf sich bezogen. So gerufen zu werden, war ihr absolut neu. Noch nie hatte jemand das getan. Gewiß, es war keine vornehme Art der Aufforderung, aber Miss Marple fühlte sich durchaus nicht beleidigt, wie denn auch alle Welt sich nur selten von Mr. Rafiels etwas

eigenwilliger Art beleidigt fühlte. Er war so etwas wie eine Institution, und man akzeptierte ihn als solche. Miss Marple blickte zu dem Bungalow hinüber, in dessen Loggia Mr. Rafiel saß und ihr winkte.
»Meinten Sie *mich*?« fragte sie.
»Nein, die *Katze*«, sagte Mr. Rafiel. »Na, so kommen Sie schon!«
Miss Marple blickte sich nach ihrem Strickkörbchen um, nahm es auf und machte sich auf den Weg.
»Ich kann ohne Hilfe nicht hinüberkommen«, erklärte Mr. Rafiel, »also müssen schon Sie sich hierherbemühen.«
»O ja«, sagte Miss Marple, »das ist mir klar.«
Mr. Rafiel wies auf den Stuhl neben sich. »Da setzen Sie sich her«, sagte er. »Ich hab' mit Ihnen zu reden. Auf dieser Insel gehen komische Dinge vor sich.«
»Nicht wahr?« sagte Miss Marple, indem sie sich niederließ. Aus purer Gewohnheit griff sie nach ihrem Strickzeug.
»Fangen Sie bloß nicht wieder zu stricken an!« warnte Mr. Rafiel. »Ich kann es nicht ausstehn! Strickende Weiber sind mir ein Greuel!«
Miss Marple verstaute ihr Strickzeug wieder, ließ aber merken, daß sie dies als Zugeständnis an einen eigensinnigen Patienten aufgefaßt wissen wollte.
»Es wird hier so viel herumgetratscht«, sagte Mr. Rafiel, »und ich möchte wetten, daß Sie eine der Haupttratschen sind! Sie, der Pastor und seine Schwester.«
»Wie die Dinge liegen, ist es nur natürlich, daß geredet wird«, sagte Miss Marple mit Nachdruck.
»Dieses Inselmädchen wird erstochen im Gebüsch aufgefunden. Da muß doch gar nichts Ernstes dahinterstecken! Vielleicht ist ihr Liebhaber eifersüchtig geworden – oder er hat eine andere nebenbei gehabt, und *die* ist eifersüchtig geworden. Karibische Affären eben. Was meinen *Sie* dazu?«
»Nein.« Miss Marple schüttelte den Kopf.

»Die Behörden glauben es auch nicht.«
»Ihnen würden sie mehr sagen als mir«, meinte Miss Marple.
»Immerhin wette ich, daß Sie mehr darüber wissen als ich. Sie haben sich das ganze Geschwätz ja angehört.«
»Gewiß, das habe ich«, sagte Miss Marple.
»Was Gescheiteres haben Sie ja nicht zu tun, wie?«
»Es ist oft recht aufschlußreich und nützlich!«
»Wissen Sie«, sagte Mr. Rafiel, wobei er sie aufmerksam betrachtete, »wissen Sie, daß ich mich in Ihnen getäuscht habe, was mir sonst nicht oft passiert? Aber an Ihnen ist doch mehr dran, als ich gedacht habe. Was ist eigentlich mit all diesen Gerüchten über Major Palgrave und seine Geschichten? *Sie* glauben, daß er ermordet wurde, nicht wahr?«
»Ich fürchte sehr, daß es so ist«, sagte Miss Marple.
»Es stimmt ja auch«, sagte Mr. Rafiel.
Miss Marple machte einen tiefen Atemzug. »Also ist es erwiesen?« fragte sie.
»Ja, es ist erwiesen. Ich hab' es von Daventry. Damit begehe ich keine Indiskretion, denn das Autopsieergebnis wird sowieso veröffentlicht werden. Graham, der es ja von Ihnen hatte, ist zu Daventry, Daventry ging zum Administrator, der informierte den C.I.D., und alle waren sich darüber einig, daß da etwas nicht stimmte. Also haben sie den alten Palgrave wieder ausgegraben und sich überzeugt.«
»Und sie fanden?« Miss Marple machte eine erwartungsvolle Pause.
»Es war eine tödliche Dosis von etwas, das ein Dutzend Silben hat und das nur ein Arzt richtig aussprechen kann. Der Polizeiarzt hat nur die Formel gesagt, wahrscheinlich, damit niemand erfährt, was es wirklich war. Vermutlich heißt das Zeug banal Evipan oder Veronal oder so ähnlich. Jedenfalls tödlich in entsprechender Dosis, mit allen Symptomen eines überhöhten Blutdrucks, verstärkt durch den Alkoholkonsum einer durchzechten Nacht. So

hat alles ganz natürlich gewirkt, niemand schöpfte Verdacht, man sagte ›armer alter Kerl‹ und schaufelte ihn ein. Jetzt aber fragt man sich bereits, ob er überhaupt jemals hohen Blutdruck gehabt *hat.* Hat er Ihnen etwas Derartiges erzählt?«

»Nein.«

»Na eben! Und doch war es für alle so gut wie sicher!«

»Offenbar hat er es anderen Leuten erzählt.«

»Das ist wie beim Geisterspuk«, sagte Rafiel. »Nie trifft man denjenigen, der den Geist *gesehen* hat. Immer war es der entfernte Cousin irgendeiner Tante oder der Freund eines Freundes. Aber lassen wir das jetzt! Man hat an den hohen Blutdruck des Majors geglaubt, nur weil in seinem Zimmer die Flasche mit diesen Pillen gefunden wurde. Aber jetzt kommt der springende Punkt – ich nehme an, dieses ermordete Mädchen hat überall herumerzählt, die Flasche sei von jemand anderem hingestellt worden und gehöre in Wahrheit diesem Greg.«

»Mr. Dyson *hat* hohen Blutdruck, das hat seine Frau bestätigt.«

»Dann wurden die Pillen in Palgraves Zimmer gestellt, um den hohen Blutdruck und damit einen natürlichen Tod vorzutäuschen.«

»Genau«, sagte Miss Marple. »Und dann wurde sehr geschickt in Umlauf gesetzt, daß er häufig von seinem Blutdruck gesprochen habe. Aber Sie wissen ja, wie leicht es ist, eine Geschichte in Umlauf zu bringen! Zu meiner Zeit hab' ich das oft genug erlebt.«

»Das glaube ich Ihnen aufs Wort«, sagte Mr. Rafiel. »Es sieht wirklich so aus, als sei da jemand recht geschickt gewesen.«

»Ja«, sagte Miss Marple, »das glaube ich auch.«

»Das Mädchen muß etwas gesehen oder gewußt haben. Vielleicht hat sie sogar eine Erpressung versucht«, sagte Mr. Rafiel.

»Vielleicht hat sie es gar nicht als Erpressung empfunden«, sagte Miss Marple. »In diesen großen Hotels sind die Mädchen oft Zeugen von Vorfällen, deren Verbreitung den Gästen unangenehm wäre. So geben sie ein größeres Trinkgeld oder gar ein Geldgeschenk. Vielleicht hatte das Mädchen gar keine Ahnung von der Bedeutung dessen, was sie wußte.«

»Immerhin, das Messer im Rücken hat ihr es dann gezeigt«, sagte Mr. Rafiel brutal.

»Ja. Offenbar konnte es sich jemand nicht leisten, sie reden zu lassen.«

»Na eben! Und darum will ich jetzt hören, was *Sie* darüber denken!«

Miss Marple blickte ihn nachdenklich an.

»Warum sollte ich mehr darüber wissen als Sie, Mr. Rafiel?«

»Dann eben nicht«, meinte Mr. Rafiel. »Aber ich würde gerne hören, wie Sie es sich zusammenreimen.«

»Aber warum?«

»Nun«, sagte Mr. Rafiel, »außer Geldverdienen hat man hier ja nichts Rechtes zu tun.«

»*Geld* verdienen? Hier draußen?«

Miss Marple war ein wenig überrascht.

»Wenn man Lust hat, kann man jeden Tag ein halbes Dutzend chiffrierter Telegramme absenden«, erklärte Mr. Rafiel. »Damit vertreibe ich mir die Zeit.«

»Börsengeschäfte?« Miss Marple sprach es aus, als versuchte sie sich in einer fremden Sprache.

»Geschäfte«, stimmte Mr. Rafiel zu. »Man setzt seine Intelligenz gegen die der anderen. Leider füllt einen das nicht genug aus, und so interessiere ich mich jetzt für diese Geschichte. Sie hat mich neugierig gemacht. Und Palgrave hat doch die meiste Zeit mit *Ihnen* geredet – wahrscheinlich hätte sich sonst niemand mit ihm abgegeben. Was hat er Ihnen erzählt?«

»Ach, eine ganze Menge Geschichten«, sagte Miss Marple.

»Das weiß ich! Die meisten davon waren stinklangweilig – und man bekam sie nicht nur einmal geboten. Sobald

man in seine Reichweite kam, mußte man sie sich drei- oder viermal anhören.«
»Ich weiß«, sagte Miss Marple. »Ich fürchte, das kommt vor, wenn die Herren älter werden!«
Mr. Rafiel sah sie scharf an. »*Ich* erzähle *keine* Geschichten«, sagte er. »Aber weiter: es hat doch mit einer von Palgraves Geschichten angefangen – oder?«
»Er hat einen Mörder gekannt«, sagte Miss Marple. »Das ist weiter nichts Besonderes«, setzte sie freundlich hinzu. »Ich glaube, so etwas kann fast jeder von sich sagen.«
»Ich kann Ihnen leider nicht folgen«, sagte Mr. Rafiel.
»Ich sage das ganz allgemein«, erläuterte Miss Marple. »Gehen Sie doch Ihre Erinnerungen durch, Mr. Rafiel! Hat es da nicht immer wieder einen Anlaß gegeben, als jemand unbedacht etwas sagte wie ›O ja, ich habe diesen Dingsda recht gut gekannt – er ist ganz plötzlich gestorben, und man hat immer getuschelt, seine Frau habe ihn umgebracht, aber das ist natürlich nur Klatsch‹. So was haben Sie doch schon gehört, oder nicht?«
»Ja, zugegeben, vielleicht so was Ähnliches. Aber es war nie im Ernst gemeint.«
»Nun also«, sagte Miss Marple. »Aber Major Palgrave *meinte* es ernst. Und ich glaube, er erzählte gerade diese Geschichte recht gern! Er behauptete, ein Foto von dem Mörder zu besitzen, und wollte es mir eben zeigen – tat es aber dann doch nicht.«
»Warum nicht?«
»Er hatte etwas bemerkt«, sagte Miss Marple. »Eine Person, wie ich glaube. Er lief ganz rot an, stopfte das Foto in seine Brieftasche zurück und wechselte plötzlich das Thema.«
»*Wen* hat er gesehen?«
»Darüber habe ich mir schon oft den Kopf zerbrochen«, sagte Miss Marple. »Es geschah vor meinem Bungalow, er saß mir fast gegenüber und hat, wen oder was immer er gesehen hat, über meine rechte Schulter geblickt.«

»Also muß dieser Jemand rechts hinter Ihnen den Weg vom Fluß oder vom Parkplatz heruntergekommen sein!«

»Ja.«

»*Ist* jemand heruntergekommen?«

»Mr. und Mrs. Dyson mit Oberst Hillingdon und Frau.«

»Sonst niemand?«

»Niemand, den ich *gesehen* habe. Natürlich lag auch Ihr Bungalow in seiner Blickrichtung . . .«

»Aha! Dann müssen wir auch noch – also – Esther Walters und meinen Jackson mit einbeziehen! Stimmt's? Einer von den beiden *könnte* aus dem Bungalow gekommen und wieder darin verschwunden sein, ohne daß Sie es bemerkt haben!«

»Das wäre möglich«, gab Miss Marple zu, »denn ich habe mich nicht sofort umgedreht.«

»Die Dysons, die Hillingdons, Esther und Jackson. Einer von ihnen ist ein Mörder. Oder auch *ich*«, fügte er hinzu. Miss Marple lächelte flüchtig.

»Und Palgrave sprach von einem *Mann* als Mörder?«

»Ja.«

»Nun gut, das schließt also Evelyn Hillingdon, Lucky und Esther Walters aus. Angenommen also, daß dieser ganze an den Haaren herbeigezogene Blödsinn stimmt, so ist Dyson, Hillingdon oder mein glattzüngiger Jackson der Mörder, den wir suchen.«

»Oder Sie«, sagte Miss Marple. Mr. Rafiel überhörte es.

»Versuchen Sie nicht, mich zu ärgern«, sagte er. »Aber jetzt noch etwas, was mir auffällt und woran Sie offenbar nicht gedacht haben: *wenn* es einer von diesen dreien ist, warum zum Teufel hat ihn dann der alte Palgrave nicht schon früher erkannt? Der ist doch schon zwei Wochen lang hier herumgesessen, und hat alle Leute angeglotzt! Wo bleibt da die Logik?«

»Zu verstehen wäre es schon«, sagte Miss Marple.

»Dann erklären Sie mir, *wie*!«

»Sehen Sie, wie Major Palgrave sagte, hatte er den Mann niemals *selbst* gesehen. Er wußte das alles von einem Arzt, und der hat ihm das Foto als Kuriosum überlassen. Major Palgrave mag seinerzeit das Foto ja ziemlich genau angesehen haben, aber dann blieb es als Andenken in seiner Brieftasche. Vielleicht hat er es ab und zu jemandem gezeigt, wenn er die Geschichte erzählte. Und noch etwas, Mr. Rafiel: wir wissen nicht, wie lange das alles her ist! Darüber hat mir der Major nichts gesagt. Manche seiner Tigergeschichten zum Beispiel liegen zwanzig Jahre zurück.«

»Weiß Gott, das tun sie«, sagte Mr. Rafiel.

»Ich kann mir also nicht vorstellen, daß Major Palgrave dieses Gesicht bei einer zufälligen Begegnung wiedererkannt hätte. Aber es ist sehr wohl denkbar – und ich bin fast sicher, daß es so war – daß er während des Erzählens nach dem Foto gesucht, es herausgenommen und das Gesicht darauf genau betrachtet hat. Und als er dann aufblickte, sah er *dasselbe* Gesicht oder ein sehr ähnliches aus einiger Entfernung auf sich zukommen!«

»Ja«, sagte Mr. Rafiel abwägend, »ja, das wäre denkbar.«

»Er wirkte so überrascht«, sagte Miss Marple, »schob das Bild in die Brieftasche zurück und begann ziemlich laut von etwas anderem zu sprechen.«

»Aber er kann seiner Sache nicht sicher gewesen sein«, kombinierte Mr. Rafiel.

»Nicht im Moment«, sagte Miss Marple. »Aber nachher wird er das Foto sehr genau studiert und sich den Mann gut angesehen haben, um sich darüber klarzuwerden, ob es nur Ähnlichkeit oder tatsächlich dieselbe Person war.«

Mr. Rafiel dachte nach, dann schüttelte er den Kopf.

»Etwas stimmt da nicht. Das Motiv ist unzureichend – völlig unzureichend! Sie sagen, er hat sehr laut mit Ihnen gesprochen?«

»Ja«, sagte Miss Marple, »ziemlich laut. Er hatte von Natur aus ein lautes Organ.«

»Das ist nur zu wahr – man kann schon sagen, er brüllte. Also mußte, wer immer herankam, verstehen, was er sagte?«

»Ich kann mir vorstellen, daß der Major ziemlich weit zu hören war.«
Wieder schüttelte Mr. Rafiel den Kopf. »Es ist unwahrscheinlich – *zu* unwahrscheinlich! Alle Welt würde nur darüber lachen! Da erzählt so ein alter Dummkopf eine Geschichte weiter, die er nur vom Hörensagen kennt, und zeigt dazu ein Foto herum, und das alles dreht sich um einen Mord, der vor vielen Jahren begangen worden ist! Oder doch vor ein paar Jahren. Ja, wie in aller Welt soll denn *das* den betreffenden Mann beunruhigen? Keinerlei Beweise, nur ein wenig Klatsch, eine Geschichte aus dritter Hand! Er könnte die Ähnlichkeit sogar zugeben, könnte sagen: ›Ja, wirklich, ich sehe diesem Kerl ähnlich – und wie! Ha, ha!‹ Und niemand würde den alten Palgrave ernst nehmen. Widersprechen Sie nicht! – Nein, der Bursche, wenn er es war, hatte nichts zu fürchten – überhaupt nichts! Zum Lachen, das Ganze, mehr nicht! Und da soll er nun den alten Palgrave ermordet haben? Das wäre doch ganz überflüssig gewesen, sehen Sie das nicht ein?«
»Oh, das sehe ich *schon* ein«, gab Miss Marple zu, »da haben Sie völlig recht! Das ist es ja, was mir keine Ruhe läßt! So wenig Ruhe, daß ich heute die ganze Nacht nicht geschlafen habe.«
Mr. Rafiel starrte sie an. »Also, heraus damit! Sie haben etwas«, sagte er dann.
»Vielleicht ist alles ganz falsch«, sagte Miss Marple zögernd.
»Höchstwahrscheinlich«, sagte Mr. Rafiel grob wie immer. »Erzählen Sie es aber trotzdem! Was hat denn die Morgenstunde für Sie im Mund gehabt?«
»Es gäbe da ein sehr starkes Motiv, wenn –«
»Wenn *was*?«
»Wenn – für die nähere Zukunft – *ein anderer Mord* geplant war.«
Mr. Rafiel riß die Augen auf und versuchte, sich in seinem Stuhl ein wenig aufzusetzen.
»Erklären Sie sich deutlicher!« sagte er.

»Ach, ich kann das so schlecht!« Miss Marple redete rasch und ein wenig sprunghaft, wobei ihr eine feine Röte in die Wangen stieg. »Nehmen wir mal an, es war tatsächlich ein Mord geplant. Wie Sie sich erinnern, handelte die Geschichte, die mir Major Palgrave erzählte, von einem Mann, dessen Frau unter verdächtigen Umständen starb. Dann, nach einer gewissen Zeit, erfolgte ein weiterer Mord unter den gleichen Umständen: ein Mann anderen Namens verlor seine Frau auf ganz ähnliche Weise, und der Arzt, der davon erzählte, erkannte in ihm denselben Mann. Sieht doch ganz nach einem Gewohnheitsmörder aus?«

»Sie meinen so wie Smith, der ›Badewannenmörder‹, nicht wahr?«

»So wie ich es sehe«, sagte Miss Marple, »und nach allem, was ich gehört und gelesen habe, fühlt sich ein Mann, der ungestraft einen Mord begehen konnte, leider Gottes zu neuen Taten ermuntert. Er glaubt, seine Schlauheit schließe jedes Risiko aus, und so tut er es wieder. Und schließlich, wie beim ›Badewannenmörder‹ Smith, wird es ihm zur Gewohnheit. Jedesmal an anderem Ort und unter anderem Namen. Nur das Verbrechen ändert sich nicht. So sehe *ich* es – aber ich kann mich auch irren.«

»Können schon – aber glauben tun Sie's nicht!« bemerkte Mr. Rafiel schlau.

Ohne darauf einzugehen, fuhr Miss Marple fort: »Trifft das alles zu, und *hat* dieser Mann hier draußen schon alles für einen Mord vorbereitet, um, sagen wir, eine *weitere* Frau loszuwerden; *ist* das schon sein drittes oder viertes Verbrechen dieser Art, nun, dann wäre die Geschichte des Majors für ihn von höchster Bedeutung! Er könnte sich keinerlei Hinweise auf ähnliche Fälle leisten. Sie erinnern sich vielleicht, daß Smith auf die gleiche Weise erwischt wurde. Die näheren Umstände eines Verbrechens erregten damals die Aufmerksamkeit eines Lesers, der es mit den Zeitungsausschnitten eines anderen Falles verglich. Sie verstehen also, nicht wahr, daß ein Verbrecher, falls er seine Tat schon vorbereitet hat und sie binnen kurzem ausführen will – daß er dann einen Major Palgrave nicht herumgehen, andauernd diese Geschichte erzählen und das Foto herumzeigen lassen kann.«

Sie hielt inne und blickte Mr. Rafiel vielsagend an. »Er *mußte* etwas dagegen tun, und zwar so rasch als möglich!«

»Also noch in der Nacht des nämlichen Tages, hm?«

»Jawohl«, sagte Miss Marple.

»Rasche Arbeit«, sagte Mr. Rafiel, »aber es war zu machen. Die Pillen in Palgraves Zimmer gestellt, das Gerücht von seiner Krankheit ausgestreut – und einen Schuß von unserem Zwölfsilbengift in einen Plantagen-Punsch! So meinen Sie es doch?«

»Ja – aber das ist längst vorbei. *Das* macht uns kein Kopfzerbrechen mehr. Wichtig ist nur die *Zukunft*, das Heute! Da Major Palgrave beseitigt und das Foto vernichtet ist, wird nichts den Mann aufhalten, seinen Mordplan auszuführen!«

Mr. Rafiel pfiff durch die Zähne. »Das haben Sie sich aber *sehr* genau ausgetüftelt, was?«

Miss Marple nickte. Und mit ganz ungewöhnlich fester, beinahe kategorischer Stimme erkärte sie: »Und diesen Mord müssen wir verhindern. Müssen *Sie* verhindern, Mr. Rafiel!«

»*Ich*?« staunte Mr. Rafiel. »Warum gerade ich?«

»Weil Sie über Reichtum und Einfluß verfügen«, sagte Miss Marple schlicht. »Was *Sie* sagen oder anregen, wird man zur Kenntnis nehmen. Auf *mich* würde kein Mensch hören. Mich würde man abtun als komische Alte, die an Hirngespinsten leidet.«

»Das ist gut möglich«, sagte Mr. Rafiel. »Dumm genug wären die Leute dazu. Freilich muß ich sagen, daß keiner, der Ihr übliches Gequatsche anhört, glauben würde, Sie hätten auch nur einen Funken Verstand im Kopf. Dabei denken Sie wirklich logisch, was nur sehr wenige Frauen können.«

Mr. Rafiel versuchte, seine unbequeme Stellung zu wechseln.
»Wo zum Teufel bleiben Esther und Jackson?« sagte er. »Sie sollen mich anders setzen! Nein, nicht Sie, Miss Marple, Sie sind zu schwach! Was die beiden sich nur vorstellen, mich so allein zu lassen!«
»Ich werde sie holen gehen.«
»Nein, das werden Sie nicht. Sie bleiben hier – und denken es bis zum Ende durch: wer von den dreien ist es? Der unvergleichliche Greg? Edward Hillingdon, das stille Wasser? Oder mein Bursche Jackson? Einer von den dreien muß es doch sein – oder nicht?«
»Ach, ich weiß nicht«, sagte Miss Marple.
»*Was* wissen Sie nicht? Worüber haben wir die ganze Zeit gesprochen?«
»Mir ist eingefallen, daß ich mich *doch* geirrt haben könnte.«
Mr. Rafiel traute seinen Ohren nicht.
»Also doch nur Geschwätz!« rief er verärgert. »Und dabei waren Sie Ihrer Sache so sicher!«
»Oh, ich *bin* sicher – soweit es den *Mord* betrifft. Aber der Mörder macht mir Kopfzerbrechen. Ich bin nämlich draufgekommen, daß Major Palgrave *mehr* als eine Mordgeschichte auf Lager hatte. Sie haben mir selbst gesagt, er habe Ihnen eine ganz andere erzählt – mit so einer Art Lucrezia Borgia –«
»Ja, stimmt. Das hat er. Aber die war von ganz anderer Art.«
»Ich weiß. Und Mrs. Walters hat er von jemandem erzählt, der in einem Gasofen vergiftet wurde –«
»Aber die Geschichte, die er *Ihnen* erzählt hat –«
Miss Marple schnitt ihm das Wort ab, was Mr. Rafiel nicht oft passierte. Sie sprach jetzt ernster und zusammenhängender als gewöhnlich. »Sehen Sie denn nicht, wie schwer es ist, sicher zu sein! Und das liegt nur daran, daß man oft nicht richtig zuhört. Fragen Sie Mrs. Walters, die hat das gleiche gesagt: anfangs hört man zu, dann

wird man unaufmerksam, denkt an etwas anderes – und plötzlich merkt man, daß man gar nicht mehr zuhört. Möglicherweise hat er zwischen der Geschichte etwas gesagt, das mir entgangen ist, so daß das Foto gar nicht zu dieser Geschichte gehört hat.«

»Aber Sie haben geglaubt, es sei das Foto des Mannes, von dem er gesprochen hatte?«

»Ja. Es ist mir nie in den Sinn gekommen, daß es auch anders sein könnte. Aber jetzt – bin ich unsicher geworden.«

Nachdenklich sah Mr. Rafiel sie an.

»Ihr Fehler ist diese Gewissenhaftigkeit«, sagte er. »Die führt zu nichts. Entscheiden Sie sich und zögern Sie nicht zu lange, das haben Sie vorher doch auch nicht getan! Meiner Meinung nach hat nur das Gequatsche mit der Schwester des Pastors und den anderen Weibern Sie unsicher gemacht.«

»Vielleicht haben Sie recht.«

»Also, dann lassen wir das alles und bleiben wir bei Ihrer ersten Vermutung. Denn neun- von zehnmal ist der erste Eindruck der richtige. Das hab' ich immer wieder erlebt. Wir haben drei Verdächtige. Nehmen wir uns einen nach dem anderen vor! Mit welchem wollen Sie beginnen?«

»Das ist wirklich egal«, sagte Miss Marple. »Es kommt jeder von ihnen gleich wenig in Betracht.«

»Fangen wir mit Greg an«, sagte Rafiel. »Den kann ich nicht ausstehn – aber deshalb muß er noch kein Mörder sein. Zwar, es gibt da ein oder zwei Punkte gegen ihn. Die Blutdruckpillen haben ihm gehört, und sie waren so nett und einfach zu verwenden.«

»Das wäre doch allzu auffällig, nicht?« entgegnete Miss Marple.

»Das möchte ich nicht einmal sagen«, meinte Mr. Rafiel. »Schließlich kam es vor allem auf *rasches* Handeln an, und die Pillen waren zur Hand. Er hatte nicht die Zeit, erst lange bei anderen nach Tabletten herumzusuchen. Nehmen wir also an, es war Greg. Sagen wir, er wollte seine liebe Lucky aus dem Weg räumen – welches gute Werk

übrigens meine ganze Sympathie hätte! Aber ich sehe kein Motiv dafür. Soviel man hört, ist er reich, seine erste Frau soll das Geld ja haufenweise gehabt haben. Damals wäre er als Gattenmörder in Frage gekommen. Aber das ist längst vorbei, und er ist ungestraft durchgerutscht. Lucky aber hat kein Geld. Will er *sie* aus dem Weg räumen, so muß eine andere Frau dahinterstecken. Haben Sie in dieser Hinsicht was läuten hören?«
Miss Marple schüttelte den Kopf.
»Nein, gar nichts. Er ist zu *allen* Damen – nun – sehr galant.«
»Sie sagen das auf eine nette altmodische Art«, meinte Mr. Rafiel. »Na schön, er ist also ein Schürzenjäger und versucht's bei jeder. Das allein genügt aber nicht. Nehmen wir gleich als nächsten diesen Edward Hillingdon unter die Lupe! Also, der ist ja ein unbeschriebenes Blatt, wenn es so was überhaupt gibt.«
»Ich glaube, er fühlt sich nicht sehr wohl in seiner Haut«, sagte Miss Marple, um einen Anfang zu machen.
Mr. Rafiel sah sie nachdenklich an.
»Glauben Sie, daß ein Mörder sich wohl fühlen muß?«
Miss Marple hüstelte. »Nun, nach *meiner* Erfahrung tun sie das gewöhnlich.«
»Ich glaube nicht, daß Sie da besonders erfahren sind«, sagte Mr. Rafiel.
Hier hätte Miss Marple ihn widerlegen können, aber sie unterließ es lieber. Herren lieben es nicht, in ihren Behauptungen widerlegt zu werden.
»Ich selbst würde eher auf Hillingdon tippen«, sagte Mr. Rafiel. »Zwischen ihm und seiner Frau stimmt etwas nicht, haben Sie das noch nicht bemerkt?«
»O gewiß«, sagte Miss Marple, »gewiß hab' ich es bemerkt. Ihr Benehmen in der Öffentlichkeit ist natürlich einwandfrei, wie das ja nicht anders zu erwarten ist.«
»Sie wissen da wahrscheinlich mehr als ich«, sagte Mr. Rafiel. »Also gut, alles scheint völlig in Ordnung, aber es wäre doch möglich, daß Edward Hillingdon in vornehmer

Weise daran denkt, sich seiner Frau zu entledigen. Meinen Sie nicht auch?«
»Wenn das der Fall ist«, sagte Miss Marple, »dann muß es eine zweite Frau geben.«
»Aber welche?«
Miss Marple schüttelte unbehaglich den Kopf.
»Ich kann mich des Gefühls nicht erwehren, daß das alles nicht so einfach ist.«
»Nun gut, wen sollen wir als nächsten vornehmen – Jackson? Denn von mir sehen wir ab.«
Zum erstenmal lächelte Miss Marple.
»Warum gerade von Ihnen, Mr. Rafiel?«
»Weil, wenn Sie über mich als möglichen Mörder sprechen wollen, Sie das mit jemand anderem tun müßten. Mit mir wäre es nur Zeitverschwendung. Und außerdem – bin ich denn geeignet für diese Rolle? Man muß mich aus dem Bett heben wie eine Puppe, man muß mich anziehen, im Rollstuhl herumfahren – keinen Schritt kann ich ohne fremde Hilfe tun! Wie sollte *ich* hingehn und jemanden umbringen können?«
»Sie haben ebenso viele Möglichkeiten wie jeder andere«, sagte Miss Marple energisch.
»Und wie stellen Sie sich das vor?«
»Nun, Sie werden doch zugeben, daß Sie Verstand haben?«
»Natürlich«, erklärte Mr. Rafiel. »Sogar etwas mehr als alles, was hier herumläuft, würde ich sagen.«
»Und Verstand überwindet die physischen Schwierigkeiten.«
»Das wäre sehr mühsam!«
»Ja«, sagte Miss Marple, »mühsam wäre es schon. Aber ich glaube, Mr. Rafiel, es würde Ihnen Spaß machen!«
Mr. Rafiel starrte die Sprecherin eine ganze Weile an, dann lachte er auf. »Sie haben Nerven!« sagte er. »Und so was will eine vergeßliche alte Dame sein! Sie glauben also wirklich, daß ich ein Mörder bin?«
»Nein«, sagte Miss Marple, »das tue ich nicht.«

»Und warum nicht?«
»Nun, eben *weil* Sie Verstand haben. Wenn man Verstand hat, kann man das meiste auch *ohne* zu morden bekommen.«
»Und außerdem, wen zum Teufel, sollte ich ermorden wollen?«
»Das wäre eine interessante Frage«, sagte Miss Marple. »Aber ich habe noch nicht das Vergnügen gehabt, lange genug mit Ihnen zu plaudern, um darüber eine Theorie aufzustellen.«
Mr. Rafiels Lächeln verbreiterte sich.
»Gar nicht so ungefährlich, mit Ihnen zu plaudern«, sagte er.
»Konversation ist immer gefährlich, wenn man etwas zu verbergen hat«, sagte Miss Marple.
»Da können Sie recht haben. Sehen wir uns jetzt diesen Jackson an. Was halten Sie von ihm?«
»Das ist schwer zu sagen. Ich habe noch kein einziges Mal mit ihm gesprochen.«
»Also haben Sie in seinem Fall keine Meinung?«
»Irgendwie erinnert er mich an einen jungen Mann«, sagte Miss Marple nachdenklich, »im Büro des Stadtsyndikus bei mir zu Hause. Jonas Parry heißt er.«
»Und?« fragte Mr. Rafiel gespannt.
»Man war nicht sehr mit ihm zufrieden«, sagte Miss Marple.
»Mit Jackson bin ich auch nicht zufrieden. Er paßt mir soweit ganz gut, macht seine Arbeit einwandfrei, und es macht ihm nichts aus, wenn man ihn anschreit. Ich bezahle ihn gut, und er weiß das. Vertrauensposten würde ich ihm aber keinen geben. Möglich, vielleicht *hat* er eine reine Weste – seine Referenzen waren gut, wenn auch von einer gewissen Reserviertheit. Glücklicherweise habe ich keine strafbaren Geheimnisse – so bin ich kein Objekt für Erpressung.«
»Keine Geheimnisse?« fragte Miss Marple nachdenklich. »Sie haben doch sicherlich Geschäftsgeheimnisse, Mr.

Rafiel?«
»Zu denen hat Jackson keinen Zutritt. Nein, Jackson mag ein aalglatter Bursche sein, aber ein Mörder ist er nicht! Das liegt einfach nicht auf seiner Linie.«
Nach einer Pause fuhr Mr. Rafiel fort: »Wissen Sie, wenn man diese ganze phantastische Angelegenheit aus einiger Distanz betrachtet – diesen Major Palgrave mit seinen lächerlichen Geschichten und das ganze Drum und Dran –, dann sitzen die Akzente falsch. Eigentlich hätte doch *ich* ermordet werden müssen!«
Überrascht blickte Miss Marple ihn an.
»Ja, *das* wäre die richtige Rollenverteilung gewesen«, erklärte Mr. Rafiel. »Wer ist in den Mordgeschichten immer das Opfer? Die älteren Männer mit dem vielen Geld!«
»Aber da gibt es dann auch immer Leute, die auf dieses Geld scharf sind«, ergänzte Miss Marple. »Trifft das auch bei Ihnen zu?«
»Nun –« Mr. Rafiel dachte nach, »ich kenne fünf oder sechs Burschen in London, die meine Todesanzeige in der *Times* nicht gerade erschüttern würde. Aber sie würden nichts tun, um mein Ableben zu beschleunigen. Warum auch? Ich kann jeden Tag sterben, alle Welt wundert sich, daß ich überhaupt noch lebe, die Ärzte eingeschlossen.«
»Ja, Sie haben einen *sehr* starken Lebenswillen«, sagte Miss Marple.
»Wundert Sie das?« fragte Mr. Rafiel.
Miss Marple schüttelte den Kopf.
»O nein«, sagte sie. »Das ist nur natürlich. Das Leben wird um so lebenswerter und interessanter, je näher es ans Sterben geht. Das ist vielleicht gar nicht gut, aber es ist so. Solange man jung, stark und gesund ist und noch alles vor sich hat, nimmt man das Leben nicht so wichtig. Junge Leute werfen das Leben so leicht weg – aus unglücklicher Liebe oder aus anderen Sorgen oder Ängsten. Aber wir Alten wissen, wie wertvoll es ist – und wie interessant!«
»Hah!« sagte Mr. Rafiel verächtlich, »hör da mal einer zu, wie weise zwei so abgetakelte Wracks daherreden kön-

nen!«
»Ja – ist es denn nicht wahr, was ich gesagt habe?« fragte Miss Marple.
»Aber ja«, sagte Mr. Rafiel, »nur zu wahr. Aber meinen Sie nicht auch, daß eigentlich *ich* das Opfer hätte sein müssen?«
»Das hängt davon ab, wem Ihr Tod Vorteile gebracht hätte«, sagte Miss Marple.
»Eigentlich niemandem«, sagte Mr. Rafiel, »wenn wir von der Konkurrenz absehen, die meinen Tod auch so erwarten kann. Ich bin nicht so blöd, alles meinen Verwandten zu hinterlassen. Die werden recht wenig bekommen, sobald erst der Staat die Hand daraufgelegt hat. O nein, das ist alles schon seit Jahren geregelt. Verfügungen, Stiftungen – und alles übrige.«
»Da hätte also Jackson durch Ihren Tod keinerlei Vorteile?«
»Keinen Penny würde er bekommen«, sagte Mr. Rafiel munter. »Ich zahle ihm doppelt soviel wie jeder andere – darum schluckt er auch meine Launen hinunter. Er weiß ganz genau, daß mein Tod für ihn ein Verlustgeschäft wäre.«
»Und Mrs. Walters?«
»Für Esther gilt dasselbe. Sie ist ein braves Mädchen, als Sekretärin erstklassig, sie ist intelligent, ausgeglichen, sie weiß mich zu nehmen, zuckt nicht mit der Wimper, wenn ich die Beherrschung verliere und sie beschimpfe. Manchmal macht sie mich nervös, aber wer tut das nicht? Sonst ist nichts Besonderes an ihr dran. Sie ist in vieler Hinsicht ein Durchschnittswesen, aber ich wüßte niemanden, der mir besser zusagte. Sie hat schon eine Menge durchgemacht, hat einen Taugenichts geheiratet, wie sie ja überhaupt bei Männern nie viel Urteilskraft bewiesen hat. Manche Frauen fallen eben auf jeden herein, der ihnen eine rührende Geschichte erzählt. Immer glauben sie, so einem Kerl fehle nur die richtige weibliche Hand, dann werde er sich schon am Riemen reißen und

das Leben meistern! Als ob diese Sorte das jemals fertigbrächte! Na, Gott sei Dank ist ihr Mann gestorben – er hat sich auf einer Party betrunken und kam unter einen Bus. Esther mußte für eine Tochter sorgen, und deshalb begann sie wieder als Sekretärin zu arbeiten. Seit fünf Jahren ist sie bei mir. Ich habe ihr von Anfang an klargemacht, daß sie keinerlei Hoffnungen auf meinen Tod zu setzen brauche. Sie bekam ein hohes Anfangsgehalt, das ich mit jedem Jahr um ein weiteres Viertel erhöht habe. Und das geht so weiter, solange ich lebe! Wenn sie den Großteil davon auf die Seite legt – und ich glaube, das tut sie –, wird sie, sobald ich abgekratzt bin, eine wohlhabende Frau sein. Ich habe auch die Erziehung ihrer Tochter übernommen und dem Mädchen eine Summe sichergestellt, die sie ausbezahlt erhält, sobald sie großjährig ist. Mrs. Esther Walters befindet sich also in wohlgeordneten Verhältnissen, und mein Tod, das kann ich Ihnen versichern, wäre für sie ein schwerer finanzieller Verlust.« Er blickte Miss Marple sehr scharf an. »Das weiß sie genau. Esther ist sehr vernünftig.«
»Verträgt sie sich mit Jackson gut?« fragte Miss Marple.
Mr. Rafiel warf ihr einen raschen Blick zu.
»Sie haben was bemerkt, wie?« sagte er. »Ja, ich glaube, Jackson hat in letzter Zeit ein Auge auf sie geworfen. Er sieht ja recht gut aus, hat aber in dieser Richtung noch kein Eis gebrochen, schon wegen des Klassenunterschieds. Sie steht zwar nicht viel über ihm, aber wenn sie *deutlich* über ihm stünde, würde es weniger ausmachen. Die Leute aus dem unteren Mittelstand sind da sehr eigen. Die Mutter Lehrerin, der Vater Bankbeamter – da wird sie sich doch nicht mit einem Jackson abgeben! Ich traue ihm zwar zu, daß er hinter ihrem Spargroschen her ist, aber kriegen wird er ihn nicht.«
»Schsch – da kommt sie!« sagte Miss Marple.
Beide blickten sie Esther Walters entgegen, als sie vom Hotel herüberkam.
»Sie ist ja ganz hübsch, wissen Sie«, sagte Mr. Rafiel,

»aber ohne jede Spur von Selbstvertrauen. Warum eigentlich – sie ist doch recht gut gebaut!«
Miss Marple seufzte, wie das jede Frau jeden Alters tut, wenn sie an versäumte Gelegenheiten erinnert wird. Das, was Esther fehlte, hatte im Lauf von Miss Marples Leben schon viele Namen gehabt: ›Zu wenig attraktiv für Männer.‹ ›Kein Sex-Appeal.‹ ›Kein Schlafzimmerblick.‹ Ja, Esther hatte blondes Haar, einen schönen Teint, braune Augen, eine gute Figur und ein freundliches Lächeln, aber das gewisse Etwas, das einen veranlaßt, auf der Straße den Kopf herumzudrehen, hatte sie nicht.
»Sie sollte wieder heiraten«, meinte Miss Marple mit gesenkter Stimme.
»Natürlich sollte sie. Sie würde eine gute Frau abgeben.«
Nachdem Esther Walters bei ihnen angelangt war, sagte Mr. Rafiel mit polternder Stimme: »Na, daß Sie nur da sind! Was hat Sie aufgehalten?«
»Ach, anscheinend müssen heute alle Leute telegrafieren«, sagte Esther. »Das, und die Leute, die abreisen wollen.«
»So, abreisen wollen die Leute? Wegen dieser Mordgeschichte?«
»Ich nehme es an. Der arme Tim Kendal ist ganz aus dem Häuschen.«
»Na, ich wäre es auch an seiner Stelle. Ich muß schon sagen, das ist Pech für das junge Paar!«
»Ich weiß. Diese Hotelübernahme war für die beiden ein großes Risiko. Sie waren *so* bemüht, daß es ein Erfolg werde. Und es ist ja auch sehr gut gegangen.«
»Ja, sie haben sich viel Mühe gegeben«, stimmte Mr. Rafiel zu. »Er ist sehr tüchtig, und ein Arbeitstier dazu! Und sie ist eine nette junge, sehr attraktive Frau. Beide haben sie wie die Neger geschuftet, obwohl dieser Vergleich hinkt, denn wie ich hier sehe, arbeiten sich die Neger keineswegs zu Tode. Ich hab' da neulich einem Burschen zugesehen, wie er um sein Frühstück eine Kokospalme hinaufgeklettert ist. Für den Rest des Tages hat er sich dann

aufs Ohr gelegt. Hübsches Leben!« Er fügte hinzu: »Wir reden gerade über den Mord hier.«
Erschrocken wandte Esther den Kopf Miss Marple zu.
»Ja, die habe ich falsch eingeschätzt«, gestand Mr. Rafiel mit der ihm eigenen Offenheit. »Habe nie sehr viel für alte Weiber übrig gehabt, die nichts können als stricken und tratschen. Aber die da hat was weg! Hat Augen und Ohren, und macht auch Gebrauch davon!«
Esther Walters sah Miss Marple betreten an, aber die schien gar nicht beleidigt zu sein.
»Das ist wirklich als Kompliment gedacht, wissen Sie«, erklärte Esther.
»Das ist mir so klar«, sagte Miss Marple, »wie die Tatsache, daß Mr. Rafiel eine Vorzugsstellung genießt, oder sie zu genießen glaubt.«
»Was heißt ›Vorzugsstellung‹?« fragte Mr. Rafiel.
»Grob zu sein, wann immer Sie wollen«, sagte Miss Marple.
»War ich grob?« fragte Mr. Rafiel erstaunt. »Das tut mir leid, ich wollte Sie nicht beleidigen!«
»Sie *haben* mich nicht beleidigt«, sagte Miss Marple. »Außerdem sehe ich Ihnen manches nach.«
»Werden Sie jetzt nur nicht sauer. Esther, holen Sie sich einen Stuhl, vielleicht können Sie uns helfen!«
Esther ging die paar Schritte auf den Balkon hinaus und kam mit einem leichten Rohrstuhl zurück.
»Also, setzen wir unsere Beratung fort«, sagte Mr. Rafiel. »Begonnen haben wir mit dem verewigten Palgrave und seinen ewigen Geschichten.«
»O weh«, seufzte Esther, »ich fürchte, vor denen bin ich ausgerissen, wann immer ich konnte!«
»Miss Marple war da standhafter«, sagte Mr. Rafiel. »Aber sagen Sie, Esther, hat er Ihnen jemals eine Geschichte von einem Mörder erzählt?«
»O ja«, sagte Esther. »Mehr als einmal!«
»Wie war das genau? Erzählen Sie uns *Ihre* Version!«
»Nun –« Esther dachte nach. »Es ist nur«, entschuldigte

sie sich dann, »daß ich nie so recht zugehört habe. Sehen Sie, es war wie mit dieser schrecklichen Geschichte von dem Löwen in Rhodesien, die nie aufhören wollte. Es war wirklich eine Geschichte, um sich das Zuhören abzugewöhnen!«

»Also dann sagen Sie einfach, woran Sie sich erinnern.«

»Ich glaube, es begann mit einem Mordfall aus der Zeitung. Und dann sagte Major Palgrave, er habe ein ungewöhnliches Erlebnis gehabt – er sei nämlich einmal einem Mörder Auge in Auge gegenübergestanden.«

»Auge in Auge?« rief Mr. Rafiel aus. »Hat er das wörtlich gesagt?«

Esther sah verwirrt aus.

»Ich denke *schon*«, sagte sie unsicher. »Es kann aber auch sein, daß er gesagt hat: ›Ich werde Ihnen einen Mörder zeigen.‹«

»Also, *was* hat er jetzt gesagt! Das ist doch nicht dasselbe!«

»Ich bin wirklich nicht sicher ... Ich *glaube*, er sagte, er werde mir das Bild von jemandem zeigen.«

»Schon besser!«

»Und dann hat er eine Menge über Lucrezia Borgia geredet.«

»Die lassen Sie sein, die kennen wir!«

»Er sprach über Giftmischer und daß Lucrezia sehr schön war und rotes Haar hatte. Ja, und daß wahrscheinlich weit mehr Giftmischerinnen auf Gottes Erdboden herumliefen, als man gemeinhin annehme.«

»*Das* dürfte zutreffen«, sagte Miss Marple.

»Und er nannte das Gift eine Frauenwaffe.«

»Da scheint er aber vom Thema abgekommen zu sein«, sagte Mr. Rafiel.

»Ja, vom Thema ist er immer abgekommen. Eben dann hat man ja nicht mehr zugehört und nur noch ›Ja, ja‹ gesagt und ›Wirklich?‹ oder ›Was Sie nicht sagen!‹«

»Wie war das nun mit dem Bild, das er Ihnen zeigen wollte?«

»Ich erinnere mich nicht. Vielleicht war es irgendein Zeitungsausschnitt –«
»Ein *Foto* hat er Ihnen nie gezeigt?«
»Ein Foto? Nein.« Sie schüttelte den Kopf. »Das weiß ich ganz sicher. Er sagte nur, sie habe gut ausgesehen, bei ihrem Anblick würde man nie denken, eine Mörderin vor sich zu haben.«
»Eine Mörderin?«
»Da haben Sie's!« rief Miss Marple. »Es wird immer verworrener!«
»Er sprach von einer *Frau*?«
»Jawohl.«
»Das kann es nicht gewesen sein!«
»*Ist* es aber gewesen«, beharrte Esther. »Denn er hat noch gesagt: ›Sie ist hier auf der Insel. Ich werde sie Ihnen zeigen und bei dieser Gelegenheit die ganze Geschichte erzählen.‹«
Mr. Rafiel fluchte und nahm hinsichtlich seiner Gedanken über den verstorbenen Major Palgrave kein Blatt vor den Mund.
»Wahrscheinlich hat er überhaupt nie ein wahres Wort gesagt«, faßte er zusammen.
»Ja, man fragt sich gerade«, murmelte Miss Marple.
»Soweit sind wir jetzt«, sagte Mr. Rafiel. »Der alte Trottel hat zunächst immer mit seinen Jagdgeschichten begonnen – Sauhatz, Tigerschießen, Elefantenjagd, Rettung aus Löwenkrallen. Die eine oder andere mag ja wahr gewesen sein, aber der Rest war entweder erfunden oder von anderen übernommen. Dann kommt er auf das Thema Mord zu sprechen und erzählt eine Mordgeschichte nach der anderen. Erzählt sie alle so, als wären sie *ihm* passiert! Zehn zu eins möchte ich wetten, daß die meisten aus Zeitungsberichten und Fernsehprogrammen zusammengebraut waren!«
Anklagend wandte er sich Esther zu: »Aber Sie sagen ja selbst, daß Sie nicht genau zugehört haben! Vielleicht haben Sie mißverstanden, was er gesagt hat!«

»Er hat ganz sicher von einer Frau gesprochen«, sagte Esther hartnäckig, »denn ich wollte natürlich wissen, wer es war.«
»Und wer, glauben Sie, war es?« fragte Miss Marple.
Esther errötete. Sie schien peinlich berührt.
»Oh, ich habe eigentlich nicht – ich meine, ich würde nicht gern –«
Miss Marple drang nicht weiter in sie. Für *ihre* Art, die Dinge herauszufinden, war Mr. Rafiels Anwesenheit eher störend. Dazu bedurfte es des angenehmen Geplauders von Frau zu Frau. Außerdem war es möglich, daß Esther Walters log. Natürlich *sagte* Miss Marple das nicht. Sie registrierte es als Möglichkeit – wenn auch als unwahrscheinliche Möglichkeit. Denn sie sah in Esther Walters keine Lügnerin (obwohl man nie wissen konnte), und außerdem schien ihr jedes Lügen hier sinnlos zu sein.
»Aber *Sie*«, wandte Mr. Rafiel sich jetzt an Miss Marple, »Sie behaupten doch, er habe Ihnen diese Mördergeschichte erzählt und gesagt, er wolle Ihnen ein Foto des Mörders zeigen!«
»Ja, das habe ich geglaubt.«
»Das haben Sie *geglaubt*? Anfangs waren Sie doch ganz sicher!«
Aber Miss Marple entgegnete mit Nachdruck: »Es ist niemals leicht, eine Unterhaltung wortgetreu wiederzugeben. Man ist immer geneigt, das, was man selbst für die Meinung des anderen *hält*, für dessen Meinung auszugeben. So legt man ihm dann die Worte in den Mund. Ja, es stimmt, der Major hat mir diese Geschichte erzählt – hat mir erzählt, daß der Mann, von dem er sie hatte, eben jener Arzt, ihm ein Foto des Mörders gezeigt habe. Aber wenn ich ganz ehrlich bin, muß ich zugeben, daß er mir wörtlich gesagt hat: ›wollen Sie das Bild eines Mördes sehen?‹, und daß ich natürlich angenommen habe, es sei das Foto gemeint, von dem vorher die Rede war. Aber ich muß zugeben, es wäre möglich – wenn auch nur entfernt –, daß er durch eine Ideenassoziation plötzlich auf ein an-

deres Foto gekommen war, das er vielleicht erst vor kurzem gemacht hatte von jemandem, den er des Mordes verdächtigte.«

Mr. Rafiel schnaubte ärgerlich. »Ach, diese Weiber! Alle seid ihr gleich, alle miteinander, der Teufel soll euch holen! Keine kann genau sein, keine ist jemals ganz *sicher*! Na also«, fügte er gereizt hinzu, »wohin führt uns *das* jetzt wieder!« Er schnaubte abermals. »Zu Evelyn Hillingdon, oder zu Gregs Frau, zu dieser Lucky? Schöner Sauhaufen!«

Ein diskretes Husten ließ sich hören: Arthur Jackson stand an Mr. Rafiels Seite. Er war so leise herzugetreten, daß niemand sein Kommen bemerkt hatte.

»Zeit für Ihre Massage, Sir«, sagte er.

Sofort zeigte Mr. Rafiel schlechte Laune.

»Was ist denn *das* nun wieder, sich so an mich heranzuschleichen und mich zu erschrecken? Ich hab' Sie überhaupt nicht kommen hören!«

»Das tut mir wirklich leid, Sir.«

»Ach, ich brauche Ihre Massage heute nicht! Sie ist ohnedies für die Katz'!«

»Oh, bitte, Sir, das dürfen Sie nicht sagen!« Jackson war voll beruflichen Eifers. »Sie würden nur zu bald merken, wie es ohne Massage ist!« Geschickt rollte er Mr. Rafiels Stuhl hinein.

Miss Marple erhob sich, lächelte Esther zu und begab sich zum Strand hinunter.

17

An diesem Morgen war der Strand ziemlich leer. Greg tummelte sich wie üblich lärmend im Wasser, Lucky lag am Strand, das Gesicht nach unten, den gebräunten Rükken gut eingeölt, das Blondhaar über die Schultern gebreitet. Von den Hillingdons war nichts zu sehen. Señora de Caspearo, umgeben von ihrem üblichen Herrenanhang, lag auf dem Rücken und sprach unbeschwert ihr kehliges Spanisch. Einige französische und italienische Kinder spielten und lachten am Uferrand, und über all das wachten in ihren Strandstühlen der Kanonikus und Miss Prescott, seine Schwester. Der Kanonikus hatte den Hut über die Augen gezogen und döste vor sich hin. Neben Miss Prescott stand ein freier Stuhl. Miss Marple steuerte darauf zu und ließ sich hineinfallen.

»Ach du lieber Gott«, sagte sie und seufzte tief auf.

»Ja, ja«, sagte Miss Prescott.

Sie gedachten des gewaltsamen Todes von Victoria Johnson.

»Das arme Mädchen«, sagte Miss Marple.

»Sehr traurig«, sagte der Kanonikus. »Wirklich bejammernswert.«

»Im ersten Moment«, sagte Miss Prescott, »haben Jeremy und ich wahrhaftig an Abreise gedacht – aber wir sind dann davon abgekommen. Es wäre den Kendals gegenüber wirklich nicht anständig gehandelt! Schließlich ist es ja nicht *ihre* Schuld – das hätte überall passieren können.«

»Rasch tritt der Tod den Menschen an –« deklamierte der Kanonikus feierlich.

»Wissen Sie«, sagte Miss Prescott, »es ist ja *so* wichtig, daß sie mit diesem Hotel Erfolg haben. Ihr ganzes Bargeld haben sie hineingesteckt!«

»Eine reizende junge Frau«, sagte Miss Marple, »aber ein bißchen mitgenommen in letzter Zeit.«

»Sehr nervös«, stimmte Miss Prescott bei. »Ist ja auch kein Wunder – bei *dieser* Familie –« sie schüttelte den Kopf.

»Ich muß schon sagen, Joan«, sagte der Kanonikus vorwurfsvoll, »über gewisse Dinge –«

»Das ist allgemein bekannt«, sagte Miss Prescott. »Ihre Familie lebt in unserer Gegend. Und merkwürdig: eine Großtante *und* einer der Onkel, beide haben sich in einer Untergrundbahnstation nackt ausgezogen. Green Park war es, glaube ich.«

»Joan, so etwas erzählt man nicht weiter!«
»Sehr traurig«, sagte Miss Marple kopfschüttelnd, »obwohl das eine relativ häufige Form von Verrücktheit sein dürfte. Ich weiß noch, als wir für die Armenierhilfe arbeiteten, hatte ein höchst achtbarer älterer Geistlicher solch einen Anfall. Man rief damals seine Frau an, die sofort kam, ihn in eine Decke wickelte und per Taxi heimtransportierte.«
»Mit Mollys engerer Familie ist aber alles in Ordnung«, sagte Miss Prescott. »Zwar war Mollys Verhältnis zu ihrer Mutter immer gespannt, aber das kommt bei den Mädchen heutzutage ziemlich oft vor.«
»Jammerschade«, sagte Miss Marple kopfschüttelnd. »So ein junges Ding *braucht* nun einmal die fürsorgliche Hand der Mutter!«
»Das sag' ich ja auch«, betonte Miss Prescott. »Wissen Sie, Molly hat sich da mit einem *Mann* eingelassen – unmöglich soll der gewesen sein!«
»Ja, so was hört man oft«, sagte Miss Marple.
»Die ganze Familie war natürlich *dagegen*! Molly hatte zu Hause nichts gesagt, sie erfuhren es erst von anderer Seite. Ihre Mutter bestand natürlich darauf, sie müsse ihn mitbringen, damit alles seine Ordnung habe, aber Molly soll das abgelehnt haben. Sie sagte, er sei ja kein Pferd, und es sei erniedrigend, ja beleidigend, ihn auf diese Weise der Familie vorzuführen.«
Miss Marple seufzte. »Ja – der Umgang mit jungen Leuten erfordert sehr viel Takt«, murmelte sie.
»Jedenfalls, so war es! Und sie haben ihn ihr verboten.«
»Aber das kann man doch heute nicht mehr *tun*«, sagte Miss Marple. »Die Mädchen gehen zur Arbeit und machen Bekanntschaften, ob man es ihnen verbietet oder nicht!«
»Aber dann erschien Gott sei Dank Tim Kendal auf der Bildfläche«, fuhr Miss Prescott fort, »und löschte den anderen restlos aus! Die Familie war darüber sehr *froh*!«
»Hoffentlich haben sie sich das nicht zu sehr anmerken

lassen«, sagte Miss Marple. »Das schreckt ein Mädchen so leicht von einer passenden Verbindung ab!«
»Da haben Sie recht.«
»Man hat da so seine Erfahrungen –« murmelte Miss Marple, in die Vergangenheit zurückschweifend. Auch sie hatte seinerzeit bei einer Partie Krocket einen jungen Mann kennengelernt. So nett war er ihr vorgekommen – so unbeschwert, fast ein Bohemien seinen Reden nach. Auch ihr Vater hatte ihn unerwartet herzlich aufgenommen. Er war eine passende Partie gewesen, war mehr als einmal bei ihr zu Hause eingeladen worden – aber Miss Marple hatte schließlich herausgefunden, daß er fade war – fad und langweilig.
Der dahindösende Kanonikus schien jetzt keine Gefahr mehr zu sein, und Miss Marple versuchte, das Thema anzusteuern, das ihr am Herzen lag.
»Sie müssen eine Menge über das Hotel wissen«, sagte sie halblaut. »Sie kommen ja seit mehreren Jahren hierher, nicht?«
»Nun ja, das letzte, das vor- und das vorvorletzte Jahr. Wir sind sehr gern in St. Honoré, es sind immer so nette Leute da. Nicht dieses aufdringliche reiche Publikum.«
»Da müssen Sie ja die Dysons und die Hillingdons gut kennen!«
»O ja, recht gut sogar!«
Miss Marple hüstelte und senkte die Stimme.
»Major Palgrave hat mir da eine recht interessante Geschichte erzählt«, raunte sie.
»Ja, er hat über ein großes Repertoire verfügt, nicht wahr? Ein weitgereister Mann! Afrika, Indien, ja sogar China, glaube ich.«
»In der Tat«, sagte Miss Marple. »Aber *diese* Geschichten hab' ich nicht gemeint. Es war über – nun, über jemanden, den ich vorhin erwähnt habe.«
»Oh!« sagte Miss Prescott bedeutungsvoll.
»Ja. Und nun frage ich mich –« Miss Marple blickte freundlich über den Strand und verweilte bei der sich

sonnenden Lucky. »*Schön* braun ist sie, nicht wahr? Und dieses *Haar*! Sehr attraktiv, genau die gleiche Farbe wie Molly Kendal!«

»Mit dem einen Unterschied«, sagte Miss Prescott, »daß Molly naturblond ist, während Luckys Blond aus der Flasche kommt.«

»Wirklich, Joan«, protestierte der plötzlich wieder muntere Kanonikus, »glaubst du nicht, daß es häßlich ist, so etwas zu sagen?«

»Was heißt da ›häßlich‹?« entgegnete Miss Prescott scharf. »Es verhält sich einfach so!«

»Mir gefällt es«, sagte der Kanonikus.

»Natürlich! Deshalb tut sie's ja. Aber du kannst Gift darauf nehmen, mein lieber Jeremy, eine *Frau* läßt sich damit nicht täuschen!« Sie wandte sich an Miss Marple: »Meinen Sie nicht auch?«

»Ja, ich fürchte –«, sagte Miss Marple, »natürlich hab' ich nicht so viel Erfahrung wie Sie – aber ich fürchte – ja, ich würde sogar sagen, auf keinen Fall naturblond! Diese Haarwurzeln jeden fünften, sechsten Tag . . .« Die beiden Frauen nickten einander verständnisinnig zu.

Der Kanonikus schien wieder zu schlummern.

»Major Palgrave hat mir da wirklich etwas Außergewöhnliches erzählt«, tuschelte Miss Marple. »Über – ich hab' das nicht ganz mitbekommen. Manchmal läßt mein Gehör etwas nach. Aber er schien andeuten zu wollen –« Sie ließ den Satz offen.

»Ich weiß, was Sie meinen. Es ist damals so allerlei geredet worden –«

»Meinen Sie, damals, als –«

»Als die erste Mrs. Dyson starb. Es kam so unerwartet! Jedermann hatte sie für eine *malade imaginaire* gehalten, eine Hypochonderin. Und da kam dann plötzlich dieser Anfall und dieser unerwartete Tod – ja, da begannen die Leute natürlich zu reden!«

»Und es gab keine – Verwicklungen?«

»Dem Arzt war es ein Rätsel. Er war noch recht jung und

unerfahren. So einer, der auf Antibiotika schwört, wissen Sie, so ein Pillendoktor, der, ohne den Patienten recht anzusehen, seine Pillen an ihm ausprobiert. Der konnte sich's nicht erklären. Aber da sie, wie ihr Mann sagte, schon früher mit dem Magen zu tun gehabt hatte, gab er sich zufrieden. Es gab ja keinen Grund, das anzuzweifeln.«

»Aber Sie selbst glauben –«

»Ach, ich habe für so vieles Verständnis, aber unwillkürlich fragt man sich *doch,* wissen Sie. Und dazu noch das Gerede der Leute –«

»Joan!« Streitlustig setzte der Kanonikus sich auf. »Ich will diesen bösartigen Klatsch einfach nicht hören! Wir waren immer gegen solche Sachen! Verschließe deine Augen, deine Ohren und deinen Mund allem Bösen – vor allem aber deine *Gedanken*! Danach sollte *jeder* Christenmensch sich richten!«

Die beiden Frauen schwiegen still. Äußerlich und mit Rücksicht auf ihre Erziehung unterwarfen sie sich der männlichen Kritik – aber innerlich waren sie enttäuscht, verärgert und verstockt. Miss Prescott warf ihrem Bruder einen dementsprechenden Blick zu, während Miss Marple nach ihrem Strickzeug kramte. Aber sie hatte Glück.

»*Mon père*«, sagte eine schrille Kinderstimme. Eines der französischen Kinder, die am Ufer gespielt hatten, ein Mädchen, war unbemerkt herangekommen und hatte sich neben Kanonikus Prescott aufgepflanzt.

»*Mon père*«, flötete sie.

»Ah? Ja, mein Kind? *Oui, qu'est-ce qu'il y a, ma petite?*«

Das Kind erklärte. Es hatte Streit gegeben darüber, wer als nächster die Flossen bekommen solle, und auch über andere Fragen der Strandetikette bestand Uneinigkeit. Nun war Kanonikus Prescott ein rechter Kindernarr, besonders was kleine Mädchen betraf. Er hatte es gern, wenn sie ihn als Schiedsrichter anriefen. So stand er auch jetzt bereitwillig auf und begleitete die Kleine ins seichte Wasser hinaus. Erleichtert seufzten Miss Marple und Miss Prescott auf und wandten sich gierig einander zu.

»Jeremy hat natürlich vollkommen recht, wenn er gegen bösartigen Tratsch ist«, sagte Miss Prescott, »aber man muß doch auch berücksichtigen, was die Leute sagen. Und es wurde damals wirklich viel geredet!«

»Ja?« Miss Marples Stimme war dringlich.

»Wissen Sie, diese junge Frau, ich glaube, Miss Greatorex hieß sie damals, war eine Art Cousine von Mrs. Dyson und betreute sie, gab ihr die Medizin und dergleichen.« Sie schwieg bedeutungsvoll und fuhr dann leiser fort: »Wie man hört, hat sich zwischen Mr. Dyson und Miss Greatorex damals etwas angesponnen. Eine ganze Reihe von Leuten hat das bemerkt – in einem Hotel macht so etwas ja rasch die Runde. Es zirkulierte auch ein Gerücht über irgendein Mittel, das Edward Hillingdon für sie in der Apotheke besorgt haben soll.«

»Oh, Edward Hillingdon hatte also damit zu tun?«

»O ja, er war sehr engagiert damals, alle Welt hat das bemerkt! Und Lucky – damals eben noch Miss Greatorex – hat Gregory gegen Edward ausgespielt. Man muß ja zugeben, sie war schon immer eine attraktive Person.«

»So jung wie damals ist sie ja *nicht* mehr«, antwortete Miss Marple.

»Richtig. Aber sie war immer sehr gut hergerichtet, wenn auch nicht so auffallend wie jetzt. Damals war sie ja noch die arme Verwandte und gab sich den Anschein, als wäre sie der Kranken sehr ergeben. Ja, so ist das gewesen.«

»Wie war das mit dieser Apotheke – und wie ist man draufgekommen?«

»In Jamestown war das nicht, ich glaube, damals waren sie in Martinique. Die Franzosen nehmen es mit den Giften nicht so genau wie wir. – Der Apotheker muß es jemandem erzählt haben, und so ist die Geschichte unter die Leute gekommen – wie das schon so ist, Sie wissen ja Bescheid.«

Miss Marple wußte da besser Bescheid als so mancher andere.
»Oberst Hillingdon soll also etwas verlangt haben, ohne zu wissen, worum es sich dabei handelte. Angeblich hatte er es von einem Zettel abgelesen – und das beredeten die Leute.«
»Weshalb hat ausgerechnet Oberst Hillingdon –« Miss Marple zog verblüfft die Stirn kraus.
»Ich nehme an, er diente dabei nur als Handlanger. Jedenfalls, Gregory Dyson heiratete nach *ungehörig* kurzer Zeit seine zweite Frau. Es soll nur einen Monat später gewesen sein!«
Man blickte einander an.
»Aber niemand schöpfte *wirklich* Verdacht?« fragte Miss Marple.
»Ach nein, es war ja alles nur *Gerede*. Vielleicht war an dem Ganzen überhaupt nichts dran.«
»Major Palgrave meinte aber, es sei sehr wohl etwas dran gewesen.«
»Hat er das gesagt?«
»So genau hab' ich nicht zugehört«, gestand Miss Marple. »Darum hätte ich ja gern gewußt, ob er Ihnen nicht dasselbe erzählt hat.«
»Er hat einmal auf Lucky gezeigt«, sagte Miss Prescott.
»Wirklich? Ausdrücklich auf sie *gezeigt*?«
»Jawohl. Anfangs glaubte ich, er meine Mrs. Hillingdon. Er lachte in sich hinein und sagte dann ›Sehen Sie sich das Frauenzimmer da drüben mal an. Meiner Meinung nach hat die ungestraft einen Mord begangen.‹ Ich war natürlich ganz weg! Ich sagte: ›Das kann doch nicht Ihr Ernst sein, Major Palgrave?‹ und *er* sagte: ›Ja, ja, meine Verehrteste, man kann es auch einen grimmigen Scherz nennen.‹ Die Dysons und Hillingdons saßen an einem der Nachbartische, und ich hatte Angst, sie könnten uns hören. Aber er lachte nur still vor sich hin und meinte: ›In ihrer Gesellschaft würde ich mir von einer gewissen Person ja lieber *keinen* Cocktail mixen lassen – ich müßte zu sehr an

ein Essen bei den Borgias denken.‹«
»Interessant«, sagte Miss Marple. »Hat er auch ein Foto erwähnt?«
»Nicht, daß ich wüßte . . . Meinen Sie einen Zeitungsausschnitt?«
Schon im Begriff zu antworten, schloß Miss Marple die Lippen. Ein Schatten war auf sie gefallen: Evelyn Hillingdon stand neben ihr.
»Guten Morgen«, sagte sie.
»Gerade haben wir uns gefragt, wo Sie denn heute bleiben?« sagte Miss Prescott voll Freundlichkeit.
»Ich war in Jamestown, einkaufen.«
»Ach so!« Miss Prescott blickte sich nach etwas um, aber Evelyn Hillingdon sagte: »Nein, Edward habe ich nicht mitgenommen. Männer kaufen nicht gerne ein.«
»Haben Sie was Schönes entdeckt?«
»Nein – ich war nur in der Apotheke.« Sie lächelte, nickte leicht und ging weiter, zum Strand hinunter.
»Wirklich nette Leute, diese Hillingdons«, sagte Miss Prescott. »*Sie* ist ja ein bißchen undurchsichtig – ich meine, sie ist zwar immer sehr freundlich, aber man kommt nie so recht an sie heran.«
Nachdenklich stimmte Miss Marple zu.
»Nie weiß man, was sie wirklich denkt«, sagte Miss Prescott.
»Das ist vielleicht auch besser so«, gab Miss Marple zurück.
»Wie bitte?«
»Ach, nichts – es ist nur, weil ich bei ihr das Gefühl habe, ihre Gedanken könnten beunruhigend sein.«
»Oh«, sagte Miss Prescott, Staunen im Blick. »*Das* meinen Sie!« Dann gab sie dem Gespräch eine andere Richtung. »Sie sollen ein sehr hübsches Haus in Hampshire haben, und einen Jungen – oder zwei? – die gerade – oder der eine von ihnen – nach Winchester gegangen sind.«
»Kennen Sie Hampshire gut?«
»Nein, eigentlich gar nicht. Ich glaube, ihr Haus liegt bei

Alton.«
»Aha.« Erst nach einer Pause sprach Miss Marple weiter: »Und wo sind die Dysons zu Hause?«
»In Kalifornien«, sagte Miss Prescott. »Aber sie sind viel auf Reisen.«
»Man weiß so wenig über die Leute, die man auf Reisen kennenlernt«, sagte Miss Marple. »Ich meine – wie soll ich sagen –, man weiß nur das, was sie selbst über sich erzählen. Man weiß zum Beispiel nicht, ob die Dysons *wirklich* in Kalifornien wohnen.«
Miss Prescott sah erstaunt aus.
»Aber Mr. Dyson hat es doch selbst gesagt!«
»Ja, ja, eben! Genau das meine ich ja. Und mit den Hillingdons ist es dasselbe. Man wiederholt doch nur, was die Leute einem *sagen*.«
Miss Prescott schien ein wenig beunruhigt. »Meinen Sie, daß sie *nicht* in Hampshire wohnen?« fragte sie.
»Davon ist keine Rede«, entschuldigte sich Miss Marple rasch. »Ich habe das Ganze nur als Beispiel *dafür* gebracht, wie wenig man von den Leuten im *allgemeinen* weiß.« Und sie fügte hinzu: »*Ich* habe Ihnen erzählt, daß ich in St. Mary Mead wohne, ein Ort, von dem Sie zweifellos noch nie gehört haben. Aber Sie wissen nicht aus *eigener* Erfahrung, ob ich dort wohne, nicht wahr?«
Miss Prescott hütete sich zu sagen, wie egal ihr Miss Marples Wohnort sei. Er lag in einer ländlichen Gegend Südenglands, mehr wußte sie nicht darüber. »Ah, *jetzt* weiß ich, was Sie meinen«, stimmte sie hastig zu. »Ja, ja, man kann nicht vorsichtig genug sein, wenn man im Ausland ist!«
»Das habe ich eigentlich *nicht* gemeint«, sagte Miss Marple. Etwas Merkwürdiges ging ihr durch den Kopf. Wußte sie denn, so fragte sie sich, ob Kanonikus Prescott und Schwester tatsächlich Kanonikus Prescott und Schwester waren? Ja, sie sagten es, und nichts ließ das Gegenteil vermuten. Aber war es nicht das Einfachste von der Welt, sich einen Priesterkragen umzulegen, sich ent-

sprechend zu kleiden und die entsprechenden Reden zu führen? Vorausgesetzt, daß es ein Motiv dafür gab?
Miss Marple kannte sich mit der Geistlichkeit Südenglands recht gut aus – aber die Prescotts kamen aus dem Norden. War es Durham? Sie zweifelte nicht an ihrer Identität, aber irgendwie lief es auch bei ihnen aufs gleiche hinaus, man glaubte das, was die Leute einem erzählten. Man müßte da vorsichtiger sein. Man müßte ...
Gedankenverloren schüttelte sie das Haupt.

18

Keuchend kam Kanonikus Prescott vom Wasser zurück. Kinder sind immer *so* ermüdend!
Da er es am Strand jetzt schon zu heiß fand, ging er mit seiner Schwester wieder ins Hotel zurück.
»Wie kann ein Strand nur zu heiß sein?« sagte Señora de Caspearo spöttisch, als sie weg waren. »Das ist doch Unsinn! Und schauen Sie nur, was sie alles anhat – eingewickelt bis an den Hals! Aber vielleicht ist es besser so – bei *dieser* Haut! Scheußlich, wie eine gerupfte Gans!«
Miss Marple machte einen tiefen Atemzug. Jetzt oder nie war die Gelegenheit, mit Señora de Caspearo ins Gespräch zu kommen! Aber wie beginnen? Welches gemeinsame Thema konnte es zwischen ihnen schon geben?
»Haben Sie Kinder, Señora?« fragte sie.
»Ich habe drei kleine *Engel*«, sagte Señora de Caspearo und küßte ihre Fingerspitzen.
Miss Marple war nicht ganz sicher, ob das heißen sollte, Señora de Caspearos Sprößlinge befänden sich schon im Himmel oder ob damit nur deren Charakter gemeint war.
Einer der sie umlagernden Herren sagte etwas in spanischer Sprache, worauf Señora de Caspearo den Kopf zustimmend zurückwarf und ein melodiöses Lachen hören ließ.

»Sie verstehen, was er gesagt hat?« fragte sie Miss Marple.
»Leider nein«, bedauerte Miss Marple.
»Um so besser. Er ist unverschämt.«
Es folgte ein munteres spanisches Wortgeplänkel.
»Es ist infam – einfach infam« – mit plötzlichem Ernst kehrte Señora de Caspearo wieder zum Englischen zurück – »daß die Polizei uns die Abreise untersagt! Ich war wütend, ich hab' geschrien und gestampft – aber alles, was sie sagten, war nein – nein. Wissen Sie, was passieren wird? Wir werden noch alle umgebracht!«
Ihr Gefolge sprach beruhigend auf sie ein.
»Aber wenn ich Ihnen sage – hier ist ein Unglücksort! Von Anfang an hab' ich's gewußt – dieser alte häßliche Major – er hat den bösen Blick gehabt, erinnern Sie sich? Seine Augen haben geschielt, und das bedeutet nichts Gutes! Sooft er mich angesehen hat, hab' ich das Zeichen dagegen gemacht!« Sie machte es vor. »Obwohl man ja nie sicher war, in welcher Richtung er blickte, so geschielt hat er!«
»Aber er hatte doch ein Glasauge«, sagte Miss Marple erklärend. »Ein früherer Unfall, soviel ich weiß. Er konnte doch nichts dafür.«
»Und ich sage Ihnen, *er* ist schuld an dem ganzen Unglück – das kommt alles vom bösen Blick!«
Wieder schoß ihre Hand mit der wohlbekannten Geste der Südländer vorwärts: den Zeige- und den kleinen Finger vorgestreckt, die beiden mittleren gekrümmt. »Immerhin«, sagte sie munter, »jetzt ist er tot, und ich muß ihn nicht mehr sehen. Etwas Häßliches mag ich einfach nicht sehen!«
Ein etwas grausamer Nachruf auf Major Palgrave, fand Miss Marple.
Weiter unten am Strand war Gregory Dyson aus dem Wasser gekommen, und Lucky hatte sich im Sand herumgedreht. Evelyn Hillingdon blickte auf Lucky, wobei ihr Ausdruck Miss Marple eine Gänsehaut verursachte.

»Mir kann doch nicht kalt sein – bei *der* Hitze«, sagte sie sich. Sie stand auf und ging langsam zu ihrem Bungalow zurück.
Auf dem Weg dorthin begegnete ihr Mr. Rafiel und Esther Walters, die zum Strand herunterkamen. Mr. Rafiel blinzelte ihr zu, aber Miss Marples Blick blieb abweisend. Im Bungalow angelangt, legte sie sich aufs Bett. Sie fühlte sich alt, müde und von Unruhe gepeinigt.
Sie war so überzeugt, daß man keine Zeit mehr verlieren durfte – keine Zeit mehr verlieren ... Es wurde immer später ... Bald ging die Sonne unter – die Sonne – man mußte sie immer durch ein geschwärztes Glas ansehen – wo war nur das geschwärzte Glasstück, das ihr jemand gegeben hatte ... Nein, sie würde es gar nicht brauchen – ein Schatten hatte sich vor die Sonne geschoben – ein Schatten. Evelyn Hillingdons Schatten – nein, nicht der Evelyn Hillingdons! Es war (wie hieß es doch gleich?) der Schatten *des Todestals*. Ja, das war es! Sie mußte – was denn nur? – Richtig, das Zeichen gegen den bösen Blick mußte sie machen – gegen Major Palgraves bösen Blick.
Ihre Lider blinzelten – sie hatte geschlafen! Aber da *war* doch ein Schatten – jemand spähte zum Fenster herein.
Der Schatten verschwand – und Miss Marple erkannte, wer es gewesen war. Es war Jackson.
›Welche Frechheit – einfach so hereinzuschauen‹, dachte sie – und in Paranthese setzte sie hinzu: ›Genau wie Jonas Parry.‹
Dieser Vergleich war für Jackson nicht gerade günstig.
Aber *warum* hatte Jackson in ihr Schlafzimmer geblickt? Um zu sehen, ob sie da war, und wenn, ob sie schlief?
Sie stand auf, trat ins Badezimmer und blickte vorsichtig aus dem Fenster. Arthur Jackson stand an der Tür des Nachbarbungalows, den Mr. Rafiel bewohnte. Er blickte rasch nach allen Seiten und schlüpfte dann hinein. Interessant, dachte Miss Marple. Warum dieses verstohlene Gehabe? Es war doch ganz natürlich, daß Jackson Mr. Rafiels Bungalow betrat, er bewohnte doch selbst ein Zim-

mer darin! Stets ging er mit irgendeinem Auftrag ein und aus. Warum also jetzt dieser rasche schuldbewußte Rundblick? »Einzig und allein darum«, sagte sich Miss Marple, »weil er diesmal nicht gesehen werden will – weil er etwas Bestimmtes vorhat!«
Um diese Zeit war natürlich jeder am Strand, der nicht auf einen Ausflug gegangen war. Auch Jackson würde nach etwa zwanzig Minuten am Strand erscheinen, um Mr. Rafiel beim täglichen Baden im Meer zu helfen. Also war für irgendwelche Heimlichkeiten im Bungalow jetzt der günstigste Zeitpunkt. Jackson hatte sich vergewissert, daß Miss Marple schlafend auf ihrem Bett lag und niemand in der Nähe war, der ihn beobachten konnte. Gerade das aber mußte sie tun, so gut sie es vermochte!
Miss Marple setzte sich auf und vertauschte ihre hübschen Sandalen gegen ein Paar Turnschuhe. Aber dann schüttelte sie den Kopf und kramte aus ihrem Koffer ein Paar Schuhe, deren einer einen wackligen Absatz hatte. Mit der Nagelfeile lockerte Miss Marple den Absatz noch mehr und trat dann, noch immer in Strümpfen, mit der nötigen Vorsicht aus der Tür. Behutsam wie ein Großwildjäger pirschte sie sich an Mr. Rafiels Bungalow heran.
Vorsichtig bewegte sie sich um die Hausecke. Den einen Schuh zog sie jetzt an, dem lockeren Absatz des anderen gab sie noch eine letzte Drehung. Dann kniete sie nieder und verharrte in dieser Stellung unterhalb des Fensterbretts. Falls Jackson etwas hören sollte und ans Fenster kam, würde er eine alte Dame sehen, die gerade gestürzt war, weil ihr Absatz nachgegeben hatte. Aber offenbar hatte Jackson nichts gehört.
Langsam und leise schob Miss Marple den Kopf höher. Die Bungalowfenster reichten so tief herab! Hinter einer Kletterranke Deckung suchend, erhaschte Miss Marple einen Blick ins Innere ...
Jackson kniete vor einem geöffneten Koffer. Sie konnte

sehen, daß es ein mit Fächern versehener Aktenkoffer war, vollgestopft mit allen möglichen Papieren. Und Jackson sah diese Papiere durch, zog dabei gelegentlich auch Dokumente aus ihren Umschlägen.

Miss Marple verharrte nicht lange auf ihrem Beobachtungsposten. Sie wußte jetzt, was Jackson machte, er schnüffelte herum. Ob er nach etwas Bestimmtem suchte oder ob er nur einer Veranlagung folgte ließ sich nicht sagen – jedenfalls aber bestand zwischen Arthur Jackson und Jonas Parry auch eine innere Ähnlichkeit.

Nun galt es, an den Rückzug zu denken. Sehr vorsichtig ließ sie sich wieder auf die Knie sinken und kroch das Blumenbeet entlang aus dem Blickfeld des Fensters. Dann ging sie zu ihrem Bungalow zurück und legte Schuh und Absatz sorgsam beiseite. Ein guter Trick, den sie erforderlichenfalls auch ein andermal anwenden konnte! Wieder in Sandalen promenierte sie nachdenklich zum Strand hinunter.

Da Esther Walters gerade im Wasser war, setzte sie sich in den von ihr verlassenen Stuhl.

Greg und Lucky unterhielten sich lachend mit Señora de Caspearo, wobei sie ziemlich viel Lärm machten.

Leise, fast flüsternd, und ohne Mr. Rafiel anzusehen, sagte Miss Marple: »Wissen Sie eigentlich, daß Jackson schnüffelt?«

»Das ist mir neu«, sagte Mr. Rafiel. »Haben Sie ihn dabei erwischt?«

»Ich hab' ihm durchs Fenster zugesehen. Er hatte einen Ihrer Koffer geöffnet und stöberte in Ihren Papieren.«

»Da muß er sich einen Schlüssel verschafft haben. Einfallsreicher Bursche! Trotzdem wird er enttäuscht sein, denn es wird nichts für ihn dabei heraussehen.«

»Eben kommt er herunter«, sagte Miss Marple, zum Hotel hinaufblickend.

»Ja, es ist Zeit für mein blödes Meerbad.« Dann sagte er sehr leise: »Aber was *Sie* betrifft – seien Sie nicht *zu* unternehmungslustig! Wir wollen nicht nächstens hinter *Ih-*

rem Sarg hergehen. Vergessen Sie Ihr Alter nicht, und seien Sie vorsichtig! Es läuft hier jemand herum, der nicht viel Federlesens macht!«

19

Mit Einbruch des Abends wurden die Terrassenlichter angezündet, und man speiste, plauderte und lachte, wenn auch weniger laut und unbeschwert als an den Vortagen. Auch die Tanzkapelle spielte.

Aber man tanzte nicht so lange. Die Leute begannen zu gähnen, verloren sich nach und nach – die Lichter gingen aus – es wurde finster und still – das Golden Palm lag im Schlaf . . . »Evelyn, Evelyn!« Es war ein scharfes, drängendes Flüstern.

Evelyn Hillingdon regte sich, drehte sich herum.

»*Evelyn*! Bitte wachen Sie auf!«

Evelyn Hillingdon setzte sich plötzlich auf. Tim Kendal stand in der Tür. Überrascht starrte sie ihn an.

»Evelyn, ich bitte Sie, könnten Sie kommen? Es ist wegen Molly. Ich weiß nicht, was mit ihr los ist, sie muß etwas genommen haben!«

Evelyn war von raschem Entschluß: »In Ordnung, Tim, ich komme. Gehen Sie inzwischen zu ihr, ich bin gleich bei Ihnen.«

Tim Kendal verschwand. Evelyn glitt aus dem Bett, nahm einen Morgenrock um und sah zum anderen Bett hinüber. Ihr Mann schlief, den Kopf abgewendet, und atmete ruhig. Einen Moment lang zögerte sie, beschloß aber dann, ihn nicht zu stören. Rasch begab sie sich durch das Hauptgebäude zum Bungalow der Kendals. Noch in der Tür holte sie Tim ein.

Molly lag mit geschlossenen Augen da, ihr Atem ging unregelmäßig. Evelyn beugte sich über sie, schob eines ihrer Lider zurück, fühlte ihren Puls und sah dann auf den

Nachttisch, auf dem ein benütztes Glas stand. Daneben lag ein Tablettenröhrchen. Sie griff danach.
»Das waren ihre Schlaftabletten«, sagte Tim, »aber die Packung war gestern oder vorgestern noch halbvoll! Sie – muß alle auf einmal genommen haben.«
»Holen Sie sofort Dr. Graham«, sagte Evelyn, »und auf dem Weg zu ihm wecken Sie jemanden, damit er starken Kaffee kocht, so stark als möglich. So machen Sie schon!«
Tim stürzte davon. An der Tür stieß er mit Edward Hillingdon zusammen.
»Oh, Verzeihung, Edward!«
»Was ist denn hier los?« fragte Hillingdon. »Ist etwas passiert?«
»Ja, mit Molly. Evelyn ist bei ihr. Ich renne um den Arzt – wahrscheinlich hätte ich ihn gleich holen sollen, aber ich war nicht sicher, ich dachte, Evelyn würde es besser wissen. Molly wird immer gleich so böse, wenn man unnötig den Doktor holt.«
Er stürzte davon. Edward Hillingdon blickte ihm einen Moment lang nach, dann trat er ins Schlafzimmer.
»Was ist denn los?« sagte er. »Ist es ernst?«
»Ach, da bist du ja, Edward! So bist du also doch aufgewacht. Das dumme Kind da hat etwas genommen.«
»Ist es arg?«
»Ich weiß nicht, wieviel sie genommen hat, aber ich glaube nicht, wir waren ja rechtzeitig zur Stelle. Ich habe um Kaffee geschickt. Wenn wir sie zum Trinken bringen können –«
»Aber was ist ihr da nur eingefallen? Glaubst du nicht –« er hielt inne.
»Ob ich *was* glaube?« fragte Evelyn.
»Daß es wegen der Untersuchung ist, wegen der Polizei und dem ganzen Wirbel?«
»Das ist natürlich möglich. Solche Sachen können jemanden mit schwachen Nerven schon durcheinanderbringen.«
»Molly hat aber nie besonders nervös gewirkt.«

»Das kann man nicht ohne weiteres sagen«, meinte Evelyn.
»Manchmal verlieren Leute ihre Nerven, von denen man es nie geglaubt hätte!«
»Ja, ich erinnere mich . . .« Wieder unterbrach er sich.
»In Wahrheit«, sagte Evelyn, »kennt niemand den anderen ganz. Nicht einmal den Nächststehenden . . .«
»Ist das nicht etwas zuviel gesagt, Evelyn? Übertreibst du da nicht?«
»Ich glaube nicht. Man sieht in den Leuten ja doch nur das Bild, das man sich von ihnen gemacht hat.«
»*Ich* kenne dich«, sagte Edward Hillingdon ruhig.
»Das glaubst du bloß.«
»Nein, ich bin sicher. Und du bist meiner sicher.«
Evelyn sah ihn an, dann wandte sie sich wieder Molly zu, packte sie an den Schultern und rüttelte sie.
»Wir müssen etwas tun, aber wir müssen wohl auf Dr. Graham warten – aha, ich höre sie schon!«

»Jetzt ist sie über den Berg.« Dr. Graham trat zurück, wischte sich den Schweiß von der Stirn und seufzte erleichtert.
»Wird sie wieder gesund werden, Sir?« fragte Tim besorgt.
»Ja, ja. Wir sind gerade noch zurechtgekommen – die Dosis ist wohl auch zu klein gewesen. Noch zwei üble Tage – und sie ist wieder frisch und munter.« Er nahm die leere Glasröhre auf. »Wer hat ihr dieses Zeug gegeben?«
»Ein Arzt in New York. Gegen ihre Schlaflosigkeit.«
»Na ja, ich weiß schon. Wir Mediziner sind heutzutage so rasch mit Verschreibungen zur Hand. Keiner mehr gibt den jungen Frauen den Rat, lieber Schafe zu zählen oder aufzustehen und eine Kleinigkeit zu essen oder ein paar Briefe zu schreiben und sich dann wieder hinzulegen. Alles muß heute *sofort* wirken! Wir tun den Leuten nichts Gutes mit unseren Verschreibungen. Man muß lernen, auch so mit dem Leben fertig zu werden. Gut, einem

Säugling steckt man einen Schnuller in den Mund, da schreit er nicht mehr. Aber das kann man doch nicht ein Leben lang so weiterpraktizieren!« Er lachte ein wenig. »Fragen Sie einmal Miss Marple, was *die* tut, wenn sie nicht einschlafen kann. Ich wette, *sie zählt* Schafe, die durchs Gatter gehen.« Er wandte sich wieder der Patientin zu, die sich zu regen begann. Ihre Augen waren jetzt offen, aber der Blick war leer. Offenbar erkannte sie niemanden. Dr. Graham nahm ihre Hand.

»Na, na, meine Liebe, was haben wir denn da angestellt?«

Sie blinzelte, antwortete aber nicht.

»Warum hast du das getan, Molly? So sag mir doch, warum?«

Tim ergriff ihre andere Hand.

Mollys Augen bewegten sich noch immer nicht. Falls sie überhaupt jemanden ansahen, dann Evelyn Hillingdon. Vielleicht lag sogar etwas wie eine Frage in ihrem Blick, aber das war schwer zu sagen. Evelyn reagierte jedenfalls darauf.

»Tim hat mich hergeholt«, sagte sie.

Mollys Blick wanderte zu Tim, dann zu Dr. Graham.

»Es ist schon wieder alles gut«, sagte Dr. Graham. »Aber daß Sie mir das nicht wieder tun!«

»Sie hat es ja gar nicht tun wollen«, sagte Tim leise. »Ich bin überzeugt, daß es ihr nur passiert ist. Sicher wollte sie eine ruhige Nacht haben. Vielleicht haben die Tabletten nicht gleich gewirkt, und da hat sie mehr davon genommen. War es so, Molly?«

Verneinend bewegte sie den Kopf.

»Du – hast sie *absichtlich* genommen?«

Sie fand die Sprache wieder. »Ja«, sagte sie.

»Aber warum, Molly – warum denn?«

Ihre Lider zuckten. »Angst«, sagte sie tonlos.

»Angst? Wovor?«

Aber sie hatte die Augen schon geschlossen.

»Lassen Sie sie jetzt«, sagte Dr. Graham. Aber Tim sagte heftig:

»Angst – wovor hast du Angst? Vor der Polizei? Weil man dich verhört hat? Ein Wunder wäre es ja nicht – aber so machen sie es! Dabei glaubt niemand im entferntesten –« er brach ab.
Dr. Graham winkte ihm energisch.
»Laßt mich schlafen«, sagte Molly.
»Ja, das wird Ihnen guttun«, stimmte Dr. Graham bei. Er ging zur Tür, die anderen folgten ihm.
»Sie wird jetzt sicher schlafen«, sagte er.
»Soll ich noch irgend etwas tun?« fragte Tim fürsorglich.
»Ich bleibe, wenn Sie wollen«, sagte Evelyn freundlich.
»Ach nein, lassen Sie nur, es geht schon«, sagte Tim.
Evelyn trat wieder ans Bett. »Soll ich bei Ihnen bleiben, Molly?«
Molly öffnete die Augen: »Nein«, sagte sie, und nach einer Pause: »Nur Tim.«
Tim kam zurück und setzte sich an ihr Bett.
»Ich bin schon da, Molly«, sagte er und nahm ihre Hand. »Schlaf jetzt. Ich gehe nicht fort.«
Mit einem schweren Seufzer schloß sie die Augen.
Draußen blieb der Doktor stehen. Die Hillingdons wandten sich an ihn.
»Kann ich bestimmt nichts mehr tun?« fragte Evelyn.
»Ich danke Ihnen, aber ich glaube nicht, Mrs. Hillingdon. Sie soll jetzt lieber mit ihrem Mann allein sein. Aber morgen vielleicht – er muß sich ja um das Hotel kümmern – morgen sollte schon jemand bei ihr bleiben!«
»Glauben Sie, daß sie es – nochmals versucht?« fragte Hillingdon.
Dr. Graham rieb sich die Stirn.
»Das kann man nie wissen. Wahrscheinlich ist es *nicht*. Sie haben ja selbst gesehen, wie unangenehm diese Wiederbelebungsprozedur ist! Aber sicher kann man natürlich nie sein. Vielleicht hat sie irgendwo noch mehr von dem Zeug.«
»Ich hätte Molly ja nie einen Selbstmord zugetraut«, sagte Hillingdon.«

»Aber Molly hat doch immer so zufrieden ausgesehen! Vielleicht« – Evelyn zögerte – »ist es doch besser, ich sage es Ihnen, Dr. Graham!«
Und nun schilderte sie ihm die Unterhaltung, die sie in der Mordnacht mit Molly am Strand unten geführt hatte. Als sie zu Ende war, schien Dr. Graham sehr ernst.
»Ich bin froh, daß Sie mir das erzählt haben, Mrs. Hillingdon! Das läßt ziemlich eindeutig auf eine tiefsitzende Störung schließen. Nun gut, ich werde morgen früh mit ihrem Mann sprechen.«

»Ich muß ein ernstes Wort mit Ihnen reden, Kendal. Es ist wegen Ihrer Frau.«
Sie saßen in Tims Büro – Tim und Dr. Graham. Evelyn Hillingdon hatte Tim an Mollys Bett abgelöst, und auch Lucky hatte versprochen, »eine Schicht zu übernehmen«, wie sie es nannte. Ebenso hatte Miss Marple ihre Dienste angeboten, denn den armen Tim riß es zwischen seinen Hotelpflichten und seiner kranken Frau hin und her.
»Ich verstehe das Ganze nicht mehr«, sagte Tim. »Wirklich nicht! Molly ist total verändert – über alle Maßen verändert!«
»Ich höre, sie leidet unter schlechten Träumen?«
»Ja, ja, sie hat darüber geklagt.«
»Seit wann hat sie das?«
»Oh, ich weiß nicht recht. Vielleicht – seit einem Monat? Vielleicht schon länger? Anfangs haben wir geglaubt, es seien einfach nur Alpträume, wissen Sie?«
»Ja, ja, das ist mir schon klar. Aber viel ernster ist, daß sie sich anscheinend vor jemandem gefürchtet hat. Sagte sie in dieser Hinsicht etwas zu Ihnen?«
»Nun ja, manchmal hat sie gesagt, daß – daß Leute hinter ihr her seien.«
»Daß man ihr nachspioniert?«
»Ja, einmal hat sie den Ausdruck verwendet. Sie habe Feinde, sagte sie, und die seien ihr hierher gefolgt.«
»*Hatte* sie Feinde, Mr. Kendal?«

»Keine Rede davon!«
»Hat es vor Ihrer Heirat etwas gegeben, in England?«
»Nein, nein, nichts dergleichen! Daß sie sich mit ihrer Familie nicht vertragen hat, war das einzige. Ihre Mutter war etwas exzentrisch, es war schwierig, mit ihr auszukommen. Aber . . .«
»Gab es Anzeichen von geistiger Labilität in der Familie?«
Impulsiv öffnete Tim den Mund, schloß ihn aber wieder, wobei er den Füllfederhalter auf dem Tisch zurechtrückte. Dr. Graham sagte:
»Ich muß Sie darauf aufmerksam machen, daß diese Frage sehr wesentlich ist. Sie sollten mir eine Antwort darauf nicht vorenthalten.«
»Nun, ich glaube, es war nichts Ernstes. Es hat da irgendeine Tante gegeben, die ein bißchen überspannt war. Aber so was findet sich ja fast in jeder Familie.«
»Ja, ja, das stimmt schon. Ich will Ihnen diesbezüglich auch keine Angst machen, aber es könnte auf eine Tendenz hinweisen, zu – nun, unter Druck zu versagen oder sich alles mögliche einzubilden.«
»Ich kann Ihnen da wirklich nicht viel sagen«, meinte Tim. »Schließlich breiten die Leute ihre Familiengeheimnisse nicht vor einem aus.«
»Das ist richtig. Aber hatte sie früher keinen Freund, war sie vorher nicht mit jemandem verlobt, der ihr Eifersuchtsszenen gemacht oder sie gar bedroht hat? Irgendwas von dieser Art?«
»Keine Ahnung, aber ich glaube *nicht*. Molly ist wohl verlobt gewesen, bevor ich sie kennenlernte, und soviel ich weiß, war ihre Familie dagegen; aber ich glaube, Molly hielt an dem Mann mehr aus Opposition fest.« Er unterdrückte ein Grinsen. »Sie wissen ja, Doktor, wenn man jung ist! Je mehr Aufhebens davon gemacht wird, desto fester hält man zusammen, wer immer es auch sei.«
Auch Dr. Graham mußte lächeln. »Ja, das erlebt man oft. Man sollte an den Bekanntschaften seiner Kinder nie herumnörgeln. Gewöhnlich gibt sich alles ganz von selbst.

Und dieser Mann hat Molly nicht in irgendeiner Weise bedroht?«
»Nein, da bin ich ganz sicher. Sie hätte mir es sonst gesagt. Es war eine Jugendtorheit, wie sie selbst zugibt. Er hatte keinen sehr guten Ruf, und das wirkte anziehend auf sie.«
»Na ja, das klingt nicht sehr ernst. Aber da ist noch etwas anderes: Ihre Frau leidet offenbar an etwas, das sie als Gedächtnislücken beschreibt. Kurze Zeitspannen, an die sie sich nicht erinnern kann. Haben Sie das gewußt, Tim?«
»Nein«, sagte Tim langsam. »Nein, das nicht, das hat sie mir nie gesagt. Aber jetzt, weil Sie es erwähnen, fällt mir ein, daß sie manchmal irgendwie unklar scheint und . . .«
Er dachte nach. »Ja – das würde es erklären. Ich hab' nämlich nie verstehen können, daß sie manchmal die einfachsten Dinge vergessen zu haben schien oder nicht wußte, welche Tageszeit gerade war. Ich hab' das für Zerstreutheit gehalten, für Geistesabwesenheit.«
»Darauf läuft es auch hinaus, Tim! Ich rate Ihnen dringend, mit Ihrer Frau einen guten Spezialisten aufzusuchen!«
Tim wurde rot vor Ärger.
»Sie meinen wohl einen *Irrenarzt*?«
»Aber, aber, was sollen solche Bezeichnungen! Einfach einen Nervenarzt, einen Psychologen, jemanden, der auf das spezialisiert ist, was der Laie Nervenzusammenbruch nennt. Ich kann Ihnen einen guten Arzt in Kingston empfehlen. Und dann natürlich auch in New York. Es muß da irgend etwas geben, das diese nervösen Angstzustände hervorruft – Ihre Frau muß den Grund gar nicht wissen! Konsultieren Sie einen Arzt, Tim, und zwar so rasch als möglich!«
Er klopfte dem jungen Mann auf die Schulter und erhob sich.
»Momentan brauchen Sie sich aber keine Sorgen zu machen. Ihre Frau hat gute Freunde hier – wir alle werden uns um sie kümmern.«

»Und Sie glauben nicht, daß sie es nochmals versucht?«
»Ich halte es für unwahrscheinlich«, sagte Dr. Graham.
»Aber sicher ist es nicht«, sagte Tim.
»*Nichts* ist sicher«, sagte Dr. Graham. »Das ist eine der ersten Wahrheiten, die man in meinem Beruf lernt.« Wieder legte er Tim die Hand auf die Schulter. »Machen Sie sich nicht *zu*viel Sorgen!«
»Ja, das sagt sich so«, meinte Tim, als der Arzt durch die Tür ging. »Keine Sorgen machen! Wofür hält er mich eigentlich?«

20

»Macht es Ihnen auch bestimmt nichts aus, Miss Marple?« fragte Evelyn Hillingdon.
»Nein, überhaupt nicht, meine Liebe«, sagte Miss Marple. »Ich bin froh, mich ein wenig nützlich machen zu können. in meinem Alter fühlt man sich schon recht überflüssig auf der Welt, wissen Sie. Besonders wenn ich, wie hier, nur zur Erholung bin. Nein, nein, ich bleibe sehr gern bei Molly, machen Sie nur getrost Ihren Ausflug! Heute geht's nach Pelican Point, nicht wahr?«
»Ja«, sagte Evelyn. »Edward und ich mögen die Gegend dort sehr. Ich werde nie müde, die Vögel im Sturzflug und beim Fischfang zu beobachten. Momentan ist Tim noch bei Molly, aber er hat zu tun und läßt sie nicht gern allein.«
»Da hat er ganz recht«, sagte Miss Marple. »Ich würde das auch nicht tun. Man kann nie wissen, nicht wahr? Wenn jemand einmal so etwas versucht hat . . . Also gehen Sie nur, meine Liebe!«
Evelyn ging auf die kleine wartende Gruppe zu, die aus ihrem Mann, den Dysons und vier anderen Gästen bestand. Miss Marple überprüfte ihr Strickzeug, überzeugte sich, daß sie alles Nötige mit hatte und schritt zum Bungalow der Kendals hinüber.

Schon fast an der Loggia, hörte sie Tims Stimme durch das halboffene Balkonfenster.
»Wenn du mir nur sagen wolltest, *warum* du das getan hast, Molly! Bin *ich* daran schuld? Es muß doch einen Grund geben – wenn du doch endlich reden würdest!«
Miss Marple war stehengeblieben. Erst nach einiger Zeit hörte sie Molly mit klangloser, müder Stimme antworten.
»Ich weiß es nicht, Tim, ich weiß es wirklich nicht. Es – muß über mich gekommen sein.«
Miss Marple klopfte ans Fenster und trat ein.
»Ach, *Sie* sind's, Miss Marple. Das ist sehr lieb von Ihnen!«
»Aber nicht doch«, wehrte Miss Marple ab. »Ich bin froh, Ihnen helfen zu können. Soll ich mich hierhersetzen? Sie sehen viel besser aus, Molly. Das freut mich!«
»Mir geht es gut«, sagte Molly. »Wirklich. Aber ich könnte in einem fort schlafen.«
»Ich werde ganz still sein«, versprach Miss Marple. »Bleiben Sie nur liegen und ruhen Sie sich aus! Ich hab' ja meinen Strickstrumpf.«
Im Gehen warf Tim ihr noch einen dankbaren Blick zu, während Miss Marple sich in ihrem Stuhl zurechtsetzte.
Molly lag auf ihrer linken Seite. Sie sah benommen und erschöpft aus. Fast nur im Flüsterton sagte sie:
»Es ist sehr nett von Ihnen, Miss Marple. Ich glaube, ich werde jetzt einschlafen.«
Sie drehte sich weg und schloß die Augen. Ihr Atem wurde regelmäßiger, wenn auch bei weitem nicht normal. Eine lange Pflegeerfahrung ließ Miss Marple fast automatisch das Leintuch glattstreichen und unter die Matratze stecken. Dabei stieß ihre Hand gegen etwas Hartes, Kantiges. Überrascht griff sie zu und zog es heraus: es war ein Buch. Miss Marple warf einen Seitenblick auf die junge Frau, die aber ganz ruhig dalag – offenbar eingeschlummert. Miss Marple schlug das Buch auf. Es war ein bekanntes Werk über Nervenkrankheiten. Ganz von selbst öffnete es sich an jener Stelle, wo der Ausbruch von Ver-

folgungswahn und verschiedenen anderen schizophrenen Erkrankungen sowie verwandten Leiden beschrieben war.
Das Buch war nicht im hochgestochenen Fachjargon, sondern allgemeinverständlich geschrieben. Miss Marple wurde während des Lesens sehr ernst. Nach ein oder zwei Minuten schloß sie das Buch und verharrte in Gedanken. Dann beugte sie sich vor und schob den Band wieder an seinen alten Platz zurück.
Kopfschüttelnd erhob sie sich, ging die paar Schritte zum Fenster – und drehte sich plötzlich um. Molly hatte die Augen geöffnet, schloß sie aber sofort, so daß Miss Marple nicht ganz sicher war, ob sie sich diesen raschen, scharfen Blick nicht nur eingebildet hatte. Verstellte sich die Kranke? Aber auch das wäre ganz natürlich gewesen: sie konnte ja Angst haben, Miss Marple würde zu reden beginnen. Ja, so konnte es sein!
Deutete sie Mollys Blick falsch, wenn sie darin etwas wie Verschlagenheit sah, etwas Verwerfliches also? ›Man kennt sich nicht aus‹, dachte Miss Marple, ›man kennt sich nicht aus!‹ Sie nahm sich vor, mit Dr. Graham darüber zu reden, sobald sich Gelegenheit fände. Dann trat sie ans Bett zurück und nahm wieder Platz. Nach etwa fünf Minuten schien es ihr gewiß zu sein, daß Molly schlief. Niemand hätte sonst so ruhig liegen, so regelmäßig atmen können.
Abermals erhob sich Miss Marple. Sie trug heute ihre Turnschuhe, die zwar nicht besonders elegant, für dieses Klima aber wundervoll geeignet waren, weit und bequem für ihre Füße. Leise ging sie im Schlafzimmer herum und blieb schließlich an den beiden Balkontüren, die nach verschiedenen Richtungen führten, stehen.
Das Hotelgelände lag ruhig und verlassen da. Miss Marple trat zurück und überlegte noch, als sie von der Loggia her ein schwaches Geräusch zu hören glaubte. Es klang wie das Scharren eines Schuhs. Nach kurzem Zögern schritt sie zur Balkontür, öffnete sie etwas weiter und

sprach, hinaustretend, ins Zimmer hinein: »Ich bin gleich wieder da, meine Liebe! Ich mache nur einen Sprung zu mir hinüber. Dabei war ich *so* sicher, dieses Muster mitgenommen zu haben! Sie bleiben ganz ruhig liegen, bis ich wiederkomme, ja?« Dann wandte sie den Kopf und nickte. »Sie schläft. Um so besser!«

Ruhig durchschritt sie die Loggia, stieg die Stufen hinunter und wandte sich dann scharf nach rechts, wo sie im schützenden Hibiskusgebüsch verschwand. Ein Beobachter hätte sich gewundert, Miss Marple dort zum Blumenbeet umschwenken und zur Rückseite des Bungalows eilen zu sehen, den sie durch die zweite Tür wieder betrat. Sie befand sich jetzt in dem kleinen Raum, der Tim manchmal als Privatbüro diente. Von da ging es weiter ins Wohnzimmer.

Dort waren die Vorhänge halb zugezogen, um den Raum kühl zu halten. Miss Marple suchte hinter einem von ihnen Deckung und wartete. Vom Fenster aus hatte sie gute Sicht auf jeden, der sich Mollys Schlafzimmer näherte. Aber erst nach vier oder fünf Minuten zeigte sich etwas: Jackson, in seiner netten weißen Uniform, kam die Stufen zur Loggia herauf, verweilte für eine Minute auf dem Balkon und klopfte dann, sich verstohlen umblickend, an das Glas der offenstehenden Tür. Dann glitt er ins Innere. Miss Marple schlich zur Schlafzimmertür und spähte durch den Angelspalt.

Jackson war im Zimmer. Er näherte sich dem Bett und blickte eine Zeitlang auf die schlafende junge Frau. Dann wandte er sich von ihr weg und ging auf die Badezimmertür zu. Überrascht hob Miss Marple die Brauen. Eine Weile überlegte sie, dann trat sie auf den Gang hinaus und ging ins Badezimmer.

Jackson fuhr herum. Er war eben dabeigewesen, das Bord über dem Waschbecken zu untersuchen. Der Schreck stand ihm im Gesicht geschrieben.

»Oh«, sagte er. »Ich – ich habe nicht . . .«

»Mr. *Jackson*«, sagte Miss Marple in höchstem Erstaunen.

»Ich hab' gedacht, Sie seien nicht hier«, sagte er. »Suchen Sie etwas?«
»Ja, tatsächlich«, sagte Jackson. »Ich habe eben nachgesehen, welche Gesichtscreme Mrs. Kendal verwendet.«
Miss Marple hatte Verständnis für diese Ausrede. Was sonst hätte Jackson auch sagen sollen, da er doch mit dem Cremetiegel in der Hand dastand.
»Riecht gut«, sagte er, die Nase rümpfend. »Für eine Gesichtscreme ist das ein recht gutes Präparat. Die billigeren Marken verträgt nicht jede Haut, das gibt dann oft Ausschläge. Beim Gesichtspuder ist es nicht anders.«
»Sie kennen sich da recht gut aus«, stellte Miss Marple fest.
»Ich hab' eine Zeitlang in der pharmazeutischen Branche gearbeitet«, erklärte Jackson. »Da lernt man eine ganze Menge über Kosmetika. Es ist unglaublich, wie leicht man mit einem hübschen Tiegel in teurer Verpackung die Frauen anschmieren kann!«
»Und deshalb sind Sie –?« Miss Marple sprach es bewußt nicht aus.
»Nein, nein, ich wollte nicht über Kosmetik reden.«
›Dir war die Zeit zu knapp, um dir eine Lüge auszudenken‹, dachte Miss Marple. ›Was wirst du jetzt wohl sagen?‹
»Die Sache ist die«, meinte Jackson, »daß Mrs. Walters letzthin Mrs. Kendal ihren Lippenstift geborgt hat und ich ihn jetzt holen möchte. Ich hab' ans Fenster geklopft, aber weil Mrs. Kendal so gut geschlafen hat, bin ich lieber gleich ins Badezimmer gegangen, um nachzusehen.«
»Aha«, sagte Miss Marple. »Und haben Sie ihn gefunden?«
Jackson schüttelte den Kopf. »Wahrscheinlich hat sie ihn in einer Handtasche«, sagte er leichthin. »Da lasse ich es eben. Mrs. Walters legt keinen so großen Wert darauf, sie hat es nur nebenbei erwähnt.« Er musterte die anderen Gesichtspräparate: »Sehr groß ist die Auswahl nicht – na ja, in *dem* Alter hat man's noch nicht nötig, und ihre Haut

ist von Natur aus gut.«

»Sie sehen eine Frau wohl mit ganz anderen Augen an«, sagte Miss Marple lächelnd.

»Jawohl. Wissen Sie, das liegt an meinen verschiedenen Berufen, so was ändert die Einstellung.«

»Sie kennen sich bei chemischen Präparaten aus?«

»O ja, ich hab' viel damit gearbeitet. Meiner Meinung nach gibt es ja viel zu viele davon. Nichts als Beruhigungs- und Aufmunterungspillen, Wunderdrogen und sonstiges Zeug. Wenn sie rezeptpflichtig sind, geht es ja noch, aber die meisten davon sind frei im Handel – was unter Umständen gefährlich werden kann.«

»Das glaub' ich«, sagte Miss Marple. »Ja, das glaube ich gern!«

»Diese Mittel beeinflussen sogar das Verhalten, wissen Sie. Vieles an dieser Teenagerhysterie hat seinen Grund nur darin, daß die Bengel solches Zeug einnehmen. was Neues ist das ja nicht, das war immer schon so. Ich war zwar noch nicht dort, aber drüben in Ostasien ist schon alles mögliche passiert. Sie würden staunen, was alles die Frauen dort ihren Männern gegeben haben! Zum Beispiel in Indien, in der guten alten Zeit! Da weiß ich von einem Fall, wo eine junge Frau einen alten Mann geheiratet hat. Wahrscheinlich wollte sie ihn gar nicht loswerden, weil sie dann mit ihm auf den Scheiterhaufen gekommen wäre. Aber sie hat ihn unter Drogen gehalten, ihn nahezu schwachsinnig gemacht, so daß er schließlich Halluzinationen bekam.« Er schüttelte den Kopf. »Na, und derlei Gemeinheiten mehr!« Er fuhr fort: »Oder die Sache mit den Hexen, wissen Sie. Da gibt es eine Menge interessanter Dinge! Warum, glauben Sie, haben die immer so bereitwillig zugegeben, Hexen gewesen und auf dem Besenstiel zum Blocksberg geritten zu sein?«

»Wegen der Folter«, sagte Miss Marple.

»Nicht immer«, widersprach Jackson. »Schon, die Folter ist ein starkes Argument, aber viele Geständnisse kamen ganz ohne sie zustande, und die Leute bildeten sich noch was drauf ein! Sie haben Salben verwendet, Einreibungen, wissen Sie, verschiedene Präparate wie Belladonna, Atropin und so weiter. Davon bekommt man Schwebe-, ja, Fluggefühle, und die armen Teufel haben das für Wirklichkeit gehalten. Oder nehmen Sie die Assassinen – das war im Mittelalter irgendwo in Syrien oder im Libanon drüben. Die aßen indischen Hanf und hatten davon Paradiesvisionen mit Huris und allem Drum und Dran. Dann hat man ihnen erzählt, genau das erwarte sie nach dem Tod, wenn sie religiöse Morde aufzuweisen hätten. Man kann das auch wissenschaftlicher sagen, aber im Grund läuft's auf dasselbe hinaus.«

»Im Grund liegt alles an der Leichtgläubigkeit der Menschen«, sagte Miss Marple.

»Nun, ja, man kann es auch so nennen.«

»Die Leute glauben so leicht, was man ihnen erzählt«, sagte Miss Marple. »Ja, wirklich, wir alle neigen dazu.« Und rasch fügte sie an: »Woher haben Sie diese Geschichten über Indien? Wer hat Ihnen von diesem Stechapfelgift erzählt – Major *Palgrave* vielleicht!?«

Jackson sah verdutzt drein. »Ja, das hab' ich von ihm. Er hat mir eine Menge solcher Geschichten erzählt. Vieles davon muß lange vor seiner Zeit geschehen sein, aber er wußte über alles Bescheid.«

»Major Palgrave war von seinem Wissen sehr eingenommen«, sagte Miss Marple. »Und doch hatte er häufig unrecht.« Nachdenklich schüttelte sie den Kopf. »Major Palgrave ist an vielem schuld«, sagte sie.

Ein leichtes Geräusch aus dem benachbarten Schlafzimmer ließ sie den Kopf wenden. Rasch ging sie hinüber. In der Balkontür stand Lucky Dyson.

»Ich – oh! Ich dachte, Sie seien nicht da, Miss Marple!«

»Ich war nur eben ein wenig im Badezimmer«, sagte Miss Marple mit viktorianischer Würde.

Jackson im Badezimmer mußte grinsen. Viktorianische Wohlanständigkeit amüsierte ihn stets.

»Ich hab' mir gedacht, Sie würden froh sein, abgelöst zu

werden«, sagte Lucky, indem sie zum Bett hinüberblickte. »Sie schläft jetzt, nicht wahr?«
»Ja, ich glaube«, sagte Miss Marple. »Aber lassen Sie nur und gehen Sie ruhig, um sich zu unterhalten, meine Liebe! Ich dachte, Sie seien mit auf den Ausflug gegangen?«
»Ich wollte ja auch«, sagte Lucky. »Aber dann hab' ich so starke Kopfschmerzen bekommen, daß ich absagen mußte. Und da hab' ich gemeint, ich könnte mich ebensogut hier nützlich machen.«
»Das ist wirklich nett von Ihnen«, sagte Miss Marple, setzte sich wieder an das Bett und nahm ihr Strickzeug auf. »Aber ich bin sehr gern hier.«
Lucky zögerte, wandte sich dann aber und ging. Miss Marple wartete ein wenig und schlich dann ins Badezimmer zurück. Aber Jackson war schon weg. Sie nahm den Cremetiegel, den er in der Hand gehabt hatte, und ließ ihn in ihre Tasche gleiten.

21

Mit Dr. Graham zwanglos ins Gespräch zu kommen, hatte sich Miss Marple leichter vorgestellt. Direkt ansprechen wollte sie ihn aber nicht, da sie befürchtete, er würde dann ihren Fragen zu viel Gewicht beimessen.
Jetzt war Tim wieder bei Molly. Miss Marple hatte aber versprochen, ihn für die Zeit des Dinners neuerlich abzulösen. Zwar hatte er ihr versichert, daß Mrs. Dyson oder Mrs. Hillingdon das gerne übernehmen würden, aber Miss Marple hatte darauf bestanden, man solle die beiden jungen Frauen sich vergnügen lassen. Sie selbst würde vorher eine Kleinigkeit essen, dann wäre alles zu aller Zufriedenheit geregelt. Tim hatte ihr herzlich gedankt.
So promenierte Miss Marple nun, um die Zwischenzeit zu überbrücken, ein wenig planlos im Hotel und auf dem

Zugangsweg zu den Bungalows umher und legte sich ihre nächsten Schritte zurecht.

Viel Verworrenes und Widersprüchliches ging ihr durch den Kopf – und das war das letzte, was sie leiden mochte. Begonnen hatte die ganze Sache nämlich klar genug: an ihrem Anfang stand Major Palgraves bedauerlicher Hang zum Geschichtenerzählen, seine Schwatzhaftigkeit und deren logische Folge: sein Tod innerhalb von vierundzwanzig Stunden. Das war alles ganz klar.

Aber dann, sie mußte es zugeben, wurde die Sache schwierig. Es gab einfach *zu* viele Möglichkeiten! Gesetzt, daß man kein Wort von all dem glaubte, was einem die anderen erzählten, gesetzt, daß niemandem zu trauen war und daß viele ihrer Gesprächspartner sie so peinlich an gewisse Leute in St. Mary Mead erinnerten – aber wohin führte das alles?

Mehr und mehr konzentrierte sich ihr Denken auf das Opfer. Jemand sollte umgebracht werden, und sie hatte mehr und mehr das Gefühl, dieses Opfer sehr wohl zu kennen! Denn *etwas* hatte es gegeben, etwas, das sie gehört hatte! Oder bemerkt? Oder gesehen?

Irgend jemand hatte eine Bemerkung gemacht, die von Bedeutung für den ganzen Fall war! Aber wer? Joan Prescott? Die hatte alles möglich über alle möglichen Leute gesagt. Hatte es einen Skandal betroffen? Oder sonstigen Tratsch? Was *hatte* sie nur gesagt?

Gregory Dyson, Lucky – Miss Marples Gedanken kreisten um Lucky. Mit einer schon an Gewißheit grenzenden instinktiven Überzeugung nahm sie an, daß Lucky am Ableben von Gregory Dysons erster Frau beteiligt war. Alles wies darauf hin. Sollte etwa Gregory Dyson selbst das vorbestimmte Opfer sein? Sollte Lucky die Absicht haben, ihr Glück mit einem anderen Mann zu versuchen, und nicht nur auf ihre Freiheit, sondern auch auf die Erbschaft aus sein?

»Aber das alles ist bare Vermutung«, sagte Miss Marple. »Vielleicht verrenne ich mich da in etwas – sicher sogar!

Die Wahrheit muß viel einfacher sein! Könnte man nur Ordnung in dieses Durcheinander bringen! Es liegt zu viel herum, das ist es.«
»Seit wann reden Sie mit sich selbst?« fragte Mr. Rafiel. Miss Marple fuhr herum. Sie hatte sein Kommen nicht bemerkt. Von Miss Walters gestützt, war er auf dem Weg vom Bungalow zur Terrasse.
»Ich hab' Sie wirklich nicht bemerkt, Mr. Rafiel!«
»Ihre Lippen haben sich bewegt. Wie steht's übrigens mit Ihrer Angelegenheit? Ist sie noch immer so dringlich?«
»Noch immer«, sagte Miss Marple. »Nur bin ich mir noch nicht klar über etwas, das auf der Hand liegen muß.«
»Freut mich, daß es so einfach ist – aber wenn Sie Hilfe brauchen, können Sie auf mich zählen!«
Er wandte sich an den herzukommenden Jackson.
»Ach, *da* sind Sie, Jackson! Wo zum Teufel sind Sie gewesen? Nie sind Sie da, wenn man Sie braucht!«
»Entschuldigen Sie, Mr. Rafiel.«
Geschickt schob er seine Schulter unter die von Mr. Rafiel. »Zur Terrasse hinunter, Sir?«
»Bringen Sie mich zur Bar«, befahl Mr. Rafiel. »Und Sie, Esther, können sich jetzt für den Abend umziehen. Wir sehen uns in einer halben Stunde auf der Terrasse.«
Er ließ sich von Jackson wegführen. Mrs. Walters fiel in den Stuhl neben Miss Marple und rieb sich den schmerzenden Arm. »Er sieht nur so aus, als ob er leicht wäre«, sagte sie. »Trotzdem ist jetzt mein Arm ganz gefühllos. Übrigens, ich hab' Sie heute nachmittag noch gar nicht gesehen, Miss Marple.«
»Nein, ich habe Molly Kendal Gesellschaft geleistet«, erklärte Miss Marple. »Es scheint ihr wirklich schon viel besser zu gehen.«
»Wenn Sie *mich* fragen – alles Theater«, sagte Esther Walters trocken. Miss Marple hob die Brauen.
»Sie meinen, daß dieser Selbstmordversuch . . .«

»*Selbstmord*? Ich habe nicht einen Moment geglaubt, daß sie eine echte Überdosis genommen hat, und ich glaube, auch Dr. Graham weiß das ganz genau.«
»Das interessiert mich aber!« sagte Miss Marple. »Wie können Sie das sagen?«
»Weil ich so gut wie sicher bin. So etwas ist recht häufig! Es ist eine Art, die Aufmerksamkeit auf sich zu lenken.«
»›Wenn ich einmal nicht mehr bin, wirst du um mich weinen‹?« zitierte Miss Marple.
»Ja, so ungefähr«, stimmte Esther Walters zu, »wenn ich auch nicht glaube, daß es hier das Motiv war. Dazu müßte man den Mann, der einen ärgert, sehr gern haben.«
»Sie glauben also nicht, daß Molly Kendal ihren Mann sehr liebt?«
»*Sie* vielleicht?« fragte Esther Walters.
Miss Marple überlegte. »Mehr oder weniger hab' ich es angenommen«, sagte sie, und nach einer Pause fügte sie hinzu: »Vielleicht zu Unrecht.«
Esther lächelte ihr schiefes Lächeln.
»Wissen Sie, ich habe da manches gehört. Über diese ganze Geschichte.«
»Von Miss Prescott?«
»Oh, von mehreren Seiten«, sagte Esther. »Es muß da einen Mann geben, auf den sie scharf war. Ihre Leute waren sehr dagegen.«
»Ja, das hab' ich auch gehört«, sagte Miss Marple.
»Und dann hat sie Tim geheiratet. Vielleicht hat sie ihn sogar geliebt. Aber der andere hat nicht aufgegeben. Ich habe mich schon gefragt, ob er ihr nicht hierher gefolgt ist.«
»Meinen Sie? Wer könnte das sein?«
»Keine Ahnung«, sagte Esther. »Sicher waren die beiden sehr vorsichtig.«
»Und Sie glauben, daß sie diesen anderen noch liebt?«
Esther zuckte die Schultern. »Er muß ein übler Bursche

sein«, sagte sie, »aber gerade die verstehen es oft, auf eine Frau Eindruck zu machen. Und man kann sie nicht loswerden.«
»Etwas Näheres über den Mann wissen Sie nicht? Was er gemacht hat und so weiter?«
Esther schüttelte den Kopf. »Nein. Die Leute raten wohl herum, aber darauf ist nichts zu geben. Vielleicht ist er verheiratet, das wäre ein Grund für die Abneigung ihrer Familie, und vielleicht ist er wirklich ein übler Kerl. Ein Trinker oder ein Krimineller – wie gesagt, ich weiß es nicht. Aber daß sie ihn noch liebt, das weiß ich.«
»Haben Sie etwas gesehen oder gehört?« versuchte Miss Marple.
»Ich weiß, was ich sage«, gab Esther unfreundlich zurück.
»Aber diese beiden Morde –« begann Miss Marple.
»Sagen Sie, müssen Sie immer über diese Morde reden?« fragte Esther. »Sogar Mr. Rafiel haben Sie damit ganz konfus gemacht! Können Sie das alles nicht so lassen, wie es ist? Sie kriegen ja doch nichts heraus, davon bin ich überzeugt.«
Miss Marple blickte sie an.
»Aber *Sie* glauben es zu wissen, nicht wahr?« sagte sie.
»Ja, ich glaube. Ich bin sogar ziemlich sicher.«
»Müßten Sie da nicht sagen, was Sie wissen – oder etwas tun?«
»Warum auch? Was würde das schon helfen. Beweisen kann ich nichts, und ändern würde es auch nichts. Heutzutage bleibt so vieles ungestraft! Man wird für unzurechnungsfähig erklärt, kriegt ein paar Jahre, wird wieder auf freien Fuß gesetzt, und alles ist in schönster Ordnung.«
»Aber nehmen wir doch an, gerade weil *Sie* nicht reden, wird *noch* jemand ermordet!«
Esther schüttelte den Kopf. »Ausgeschlossen«, sagte sie.
»Das kann man doch nicht mit Sicherheit sagen!«
»Ich *bin* aber sicher! Und außerdem kann ich mir nicht vorstellen, *wer* –« Sie runzelte die Stirn. »Immerhin, viel-

leicht *ist* es – verminderte Zurechnungsfähigkeit«, fügte sie etwas unlogisch hinzu. »Vielleicht kann man nichts dafür, wenn man wirklich verrückt ist. Ach, ich weiß nicht. Am besten wäre es, sie würde mit ihm verschwinden, wer immer es ist – dann könnte endlich Gras über alles wachsen.«
Sie sah auf ihre Uhr, stieß einen Schreckenslaut aus und erhob sich rasch. »Ich muß mich umziehen!«
Miss Marple blieb sitzen und sah ihr nach. Hatte Esther Walters Grund zu glauben, daß hinter Major Palgraves und Victorias Tod eine *Frau* stehe? Es hatte so geklungen. Miss Marple überlegte.
»Ah, Miss marple ganz allein – und ohne zu stricken?«
Es war Dr. Graham, den sie bisher erfolglos gesucht hatte! Nun war er ganz von selbst bereit, sich für ein paar Minuten zu ihr zu setzen. ›Lange kann er nicht bleiben‹, dachte Miss Marple, ›denn auch er muß sich fürs Dinner umziehen, und er diniert gewöhnlich ziemlich früh. Also sprach sie ohne Umschweife über ihren Nachmittag bei Molly Kendal.
»Nicht zu glauben, wie rasch sie sich erholt hat«, sagte sie.
»Nun, das ist nicht weiter erstaunlich«, sagte Dr. Graham. »Die Überdosis war nicht so groß, wissen Sie.«
»Oh – und ich war der Meinung, sie habe die halbe Pakkung auf einmal genommen!«
Dr. Graham lächelte nachsichtig.
»Aber nein«, sagte er, »so viel kann sie nicht genommen haben. Vielleicht hatte sie die Absicht, hat aber im letzten Moment die Hälfte davon weggeworfen. Sogar wenn sie zum Selbstmord fest entschlossen sind, wollen es die Leute oft nicht *wirklich* tun. Es passiert ihnen ganz einfach, daß sie nicht die volle Überdosis nehmen. Das muß gar kein Täuschungsversuch sein, das geschieht ganz unbewußt.«
»Es könnte aber auch Absicht dabei sein. Wenn man zum Beispiel den Anschein erwecken wollte, daß man . . .« Miss Marple machte eine Pause.

»Zugegeben«, sagte Dr. Graham.
»Wenn sie und Tim zum Beispiel Streit gehabt hätten . . .«
»Die beiden streiten nicht, wissen Sie. Dazu haben sie einander zu gern. Natürlich, vorkommen kann es schon einmal . . . Nein, ich glaube nicht, daß ihr jetzt noch viel fehlt. Eigentlich könnte sie ja schon aufstehen und herumgehen wie sonst. Aber es ist doch sicherer, sie ein paar Tage lang im Bett zu halten.«
Er stand auf, nickte Miss Marple freundlich zu und ging zum Hotel. Miss Marple blieb noch eine Weile sitzen.
Verschiedene Gedanken gingen ihr durch den Kopf – das Buch unter Mollys Matratze – Mollys vorgeblicher Schlaf – das, was Joan Prescott und später Esther Walters gesagt hatten . . . Und dann dachte sie an den Anfang von all dem – an Major Palgrave . . . Irgend etwas gab es da – es hing mit Major Palgrave zusammen . . . Könnte man sich nur daran erinnern –

22

Verwirrt setzte Miss Marple sich in ihrem Stuhl aufrecht. Unglaublich, sie war eingeschlafen – und das beim Spiel dieser mörderischen Tanzkapelle! Nun, das zeigte, daß sie sich an diesen Ort zu gewöhnen begann, dachte sie. Sie war aber auch wirklich recht müde. All diese Sorgen und das Gefühl, irgendwie versagt zu haben . . . Nur ungern dachte sie an den schlauen Blick, den ihr Molly unter halbgeschlossenen Lidern zugeworfen hatte. Was mochte die junge Frau dabei gedacht haben? Wie anders hatte doch alles zu Anfang ausgesehen! Tim Kendal und Molly waren ein so natürliches, glückliches junges Paar gewesen! Dann die Hillingdons, von so angenehm guten Manieren, richtig »nette« Leute! Und der fröhliche, aufgeschlossene Greg Dyson mit seiner lustigen lauten Lucky, die immerfort redete und mit sich und der Welt zufrieden war ... Wie gut diese vier miteinander ausgekommen waren! Und wie freundlich und jovial erst Kanonikus Prescott war! *Joan* Prescott hatte freilich eine scharfe Zunge, war aber eine sehr nette Frau, und nette Frauen müssen ihren Klatsch haben, müssen stets auf dem laufenden sein, müssen wissen, wann zwei und zwei vier ist und wann es möglich ist, fünf daraus zu machen! Daran war nichts Böses! Auch Mr. Rafiel war eine Persönlichkeit, ein Mann von Charakter, den man nie vergessen würde. Außerdem glaubte Miss Marple, *noch* etwas von Mr. Rafiel zu wissen.

Wie er erzählt hatte, war er von den Ärzten schon mehrmals aufgegeben worden. Diesmal aber, dachte sie, waren die Voraussagen noch bestimmter gewesen, und auch Mr. Rafiel wußte jetzt, daß seine Tage gezählt waren.

Wenn er das aber mit Sicherheit wußte, was würde er da wohl am ehesten tun?

Miss Marple überdachte diese Frage, da sie ihr wichtig schien.

Was war es nur, das er gesagt hatte, mit einer etwas zu lauten, zu sicheren Stimme? Denn auf Stimmfärbungen verstand sich Miss Marple – sie hatte in ihrem Leben schon sehr viel zugehört.

Mr. Rafiel hatte ihr eine Unwahrheit erzählt!

Miss Marple blickte um sich. Die Nacht, der leichte Blumenduft, die Tische mit den kleinen Lichtern, die Frauen in ihren hübschen Kleidern – alles schien heute lustig und voller Leben. Sogar Tim Kendal lächelte wieder. Eben kam er an ihrem Tisch vorbei und sagte: »Ich weiß nicht, wie ich Ihnen danken soll! Molly ist so gut wie gesund, der Doktor sagt, sie kann morgen wieder aufstehen.«

Lächelnd freute Miss Marple sich über diese gute Nachricht, aber das Lächeln bereitete ihr Mühe. Sie war übermüdet!

So stand sie auf und begab sich langsam zu ihrem Bungalow. Gern hätte sie sich alles noch weiter durch den Kopf gehen lassen, aber sie war dazu einfach nicht mehr im-

stande. Ihr Kopf machte nicht mehr mit und sann nur mehr auf Schlaf.
Sie kleidete sich aus und ging zu Bett. Vor dem Einschlafen las sie noch ein paar Verse in ihrem Thomas von Kempen, dann machte sie das Licht aus. Im Dunkel betete sie. Man konnte nicht alles allein tun, man brauchte Hilfe. »Es wird schon nichts geschehen heute nacht«, murmelte sie hoffnungsvoll.

Miss Marple erwachte mit Herzklopfen und setzte sich auf. Sie drehte das Licht an und sah auf die Uhr: zwei Uhr früh. Zwei Uhr und Unruhe vor dem Fenster! Sie stand auf, zog Schlafrock und Pantoffeln an, hüllte den Kopf in einen Wollschal und trat hinaus, um nachzusehen. Leute mit Fackeln suchten das Gelände ab. Auch Kanonikus Prescott war dabei. Sie ging auf ihn zu.
»Was ist denn los?«
»Oh, Miss Marple! Wir suchen Mrs. Kendal. Als ihr Mann aufwachte, war ihr Bett leer.«
Er eilte weiter, und Miss Marple folgte ihm langsam. Wohin mochte Molly gegangen sein? Und warum? Hatte sie das mit Vorbedacht getan? Miss Marple hielt es für möglich. Aber warum? Was war der Grund? Gab es wirklich einen anderen Mann, wie Esther angedeutet hatte? Und wenn ja, wer konnte es sein? Oder gab es einen schlimmeren Grund?
Miss Marple schritt weiter, wobei sie umherspähte und unters Gesträuch blickte, bis sie plötzlich fernes Rufen hörte:
»Hier ist es! Hier herunter!«
Es mußte jenseits des Hotelgeländes sein, gegen das Flüßchen zu, das dort ins Meer mündete. So rasch sie konnte, lief Miss Marple in dieser Richtung.
Offensichtlich waren weniger Leute an der Suche beteiligt, als es anfangs geschienen hatte. Die meisten schliefen noch in ihren Bungalows. An einer Stelle des Flußufers aber hatte sich eine Gruppe gebildet. Jemand

drängte sich hastig an Miss Marple vorbei, stieß sie beinahe um und rannte auf die Gruppe zu. Es war Tim Kendal. Gleich darauf hörte sie ihn rufen:
»Molly! Um Gottes willen, Molly!«
Nach ein oder zwei Minuten hatte auch Miss Marple die Gruppe erreicht, die aus einem der kubanischen Kellner, Evelyn Hillingdon und zwei eingeborenen Mädchen bestand, welche Tim Platz gemacht hatten. Eben beugte er sich vor, um besser zu sehen.
»Molly . . .« Langsam sank er in die Knie. Miss Marple sah den Körper der jungen Frau im Wasser liegen, das Gesicht nach unten. Goldblond flutete das Haar über dem hellgrünen Schal, der ihre Schultern bedeckte. Zusammen mit den Blättern und Binsen des Uferdickichts erinnerte das Ganze an eine Szene aus Hamlet mit Molly als toter Ophelia . . .
Als Tim die Hand ausstreckte, mischte Miss Marple sich ein. Deutlich und mit Autorität sagte sie:
»Bewegen Sie sie nicht, Mr. Kendal! Lassen Sie alles, wie es ist!«
Tim wandte ihr sein verstörtes Gesicht zu.
»Aber – ich muß – es ist Molly! Ich muß doch . . .«
Evelyn Hillingdon berührte seine Schulter.
»Sie ist tot, Tim. Ich hab' sie nicht bewegt. Aber ich habe ihr den Puls gefühlt.«
»Tot?« sagte Tim ungläubig. »Tot? Sie meinen, sie hat sich ertränkt?«
»Ja, ich fürchte, es sieht ganz danach aus.«
»Aber *warum*?« Es schrie aus ihm heraus. »*Warum*? Heute abend war sie noch so glücklich! Warum soll es da wieder über sie gekommen sein! Sie hat doch noch Pläne für morgen gemacht! Und dann rennt sie einfach davon und ertränkt sich? Was hat sie nur dazu getrieben – warum hat sie mir nichts gesagt?«
»Das weiß ich nicht, mein Lieber«, sagte Evelyn sanft. »Das kann ich nicht wissen.«
Miss Marple meinte: »Es sollte lieber jemand Dr. Graham

holen. Man muß auch die Polizei verständigen.«
»Die Polizei?« Tim lachte bitter. »Wozu soll *die* gut sein?«
»Bei Selbstmord muß die Polizei verständigt werden«, sagte Miss Marple.
Langsam stand Tim auf.
»Ich hole Dr. Graham«, sagte er niedergeschlagen. »Vielleicht – kann er – sogar jetzt noch etwas tun.« Er machte sich auf den Weg zum Hotel.
Nebeneinanderstehend blickten Evelyn Hillingdon und Miss Marple auf das tote Mädchen.
Evelyn schüttelte den Kopf. »Zu spät. Sie ist schon ganz kalt. Sie muß schon seit gut einer Stunde tot sein. Vielleicht auch schon länger. Eine Tragödie! Und dabei schienen sie so glücklich miteinander zu sein. Vielleicht war sie wirklicht nicht zurechnungsfähig!«
»Nein«, sagte Miss Marple. »Das glaube ich *nicht.*«
Evelyn sah sie gespannt an. »Wie meinen Sie das?«
Der Mond kam hinter einer Wolke hervor und beschien Mollys ausgebreitetes Haar ... Miss Marple stieß einen Schrei aus. Sie beugte sich nieder, streckte den Arm und berührte den goldblonden Kopf. Mit gänzlich veränderter Stimme sagte sie: »Wir sollten uns lieber überzeugen.«
Staunend starrte Evelyn Hillingdon sie an.
»Aber Sie haben doch eben gesagt, es dürfte nichts angerührt werden?«
»Ich weiß. Aber da war der Mond hinter den Wolken, und ich habe nicht gesehen –« sie teilte das blonde Haar, so daß die Wurzeln bloßlagen.
Jetzt schrie auch Evelyn auf.
»*Lucky*!« Und nach einer Pause wiederholte sie: »Also *nicht* Molly ... sondern *Lucky.*«
Miss Marple nickte. »Die Haarfarbe ist nahezu die gleiche – aber Luckys Haar ist gefärbt, daher die dunkleren Wurzeln.«
»Aber sie trägt doch Mollys Schal?«
»Er gefiel ihr. Ich hab' sie sagen hören, sie wolle sich einen gleichen besorgen. Das hat sie offenbar getan.«

»*Das* also hat uns getäuscht . . .«
Evelyn brach ab, da sie sich von Miss Marple beobachtet sah.
»Man muß ihren Mann verständigen«, sagte Miss Marple.
Es folgte eine kurze Pause, dann sagte Evelyn:
»Nun gut. Ich werde es tun.«
Sie wandte sich ab und ging zwischen den Palmen davon.
Eine Zeitlang verharrte Miss Marple regungslos. Dann drehte sie den Kopf und sagte: »Ja, Oberst Hillingdon?«
Edward Hillingdon war aus dem Baumschatten hinter ihr gekommen und blieb nun neben Miss Marple stehen.
»Sie haben gewußt, daß ich hier war?«
»Jeder Mensch wirft einen Schatten«, sagte Miss Marple.
Einen Augenblick schwiegen sie. Dann sagte er, mehr zu sich selbst: »So hat sie's schließlich doch zu weit getrieben . . .«
»Sie sind wohl recht froh, daß sie tot ist?«
»Schockiert Sie das? Nun, ich will es gar nicht leugnen. Ja, ich bin froh, daß sie tot ist.«
»Der Tod ist oft die beste Lösung.«
Langsam wandte Edward Hillingdon ihr das Gesicht zu.
Miss Marple blickte ihm ruhig in die Augen.
»Falls Sie *glauben* sollten –« er trat drohend auf sie zu.
Aber Miss Marple sagte gelassen:
»Ihre Frau kann jeden Moment mit Mr. Dyson zurück sein. Und auch Mr. Kendal mit Dr. Graham.«
Edward Hillingdon entspannte sich und wandte sich wieder der Toten zu.
Leise machte Miss Marple sich davon. Dann beschleunigte sie ihre Schritte.
Kurz vor Erreichen ihres Bungalows blieb sie stehen. Hier hatte sie damals mit Major Palgrave geplaudert. Hier hatte er seine Brieftasche nach dem Foto eines Mörders durchsucht . . .
Sie dachte daran, wie er aufgeblickt hatte und wie sein Gesicht rot angelaufen war . . . »Häßlich«, hatte Señora de

Caspearo es genannt. »Er hatte den bösen Blick.«
Den bösen Blick? ... Blick? ... Blick? ...

23

Mr. Rafiel hatte das alles nicht gehört. Er lag noch tief im Schlaf und schnarchte leise, als er bei den Schultern gepackt und heftig geschüttelt wurde.
»Eh – zum Teufel – was ist denn los?«
»*Ich* bin es«, sagte Miss Marple, »wenn ich es auch ein wenig strenger sagen sollte. Die Griechen haben das, glaube ich, *Nemesis* genannt!«
Mr. Rafiel richtete sich auf, so gut es ging, und starrte sie an. Miss Marple stand im Mondlicht, den Kopf in einen weichen hellrosa Schal gehüllt, und sah einer Nemesis alles andere als ähnlich.
»Also – Sie sind die Nemesis, oder wie?« sagte Mr. Rafiel endlich.
»Ich hoffe, es zu werden – mit Ihrer Hilfe.«
»Möchten Sie nicht deutlicher sagen, was Sie da mitten in der Nacht daherreden?«
»Wir haben keine Zeit zu verlieren! Ich bin wie vernagelt gewesen – dabei hätte ich von Anfang an wissen müssen, was gespielt wurde! Es war so einfach!«
»*Was* war einfach, und wovon sprechen Sie?«
»Sie haben den Großteil davon verschlafen«, sagte Miss Marple. »Es wurde eine Leiche gefunden. Zuerst dachten wir, es sei Molly Kendal, aber es war Lucky Dyson. Im Fluß ertrunken.«
»Lucky, sagen Sie? Und ertrunken? Im Fluß? Hat sie sich selbst ertränkt, oder wurde sie –?«
»Sie *wurde*«, sagte Miss Marple.
»Jetzt fang' ich an zu verstehen! *Das* also meinen Sie, wenn Sie sagen, es war so einfach! Greg Dyson war immer der Verdächtige Nummer eins, und *er* ist der Mörder!

Das glauben Sie doch? Und jetzt haben Sie Angst, er könnte straflos ausgehen?«
Miss Marple seufzte.
»Mr. Rafiel, bitte, vertrauen Sie mir! Wir müssen einen Mord verhindern!«
»Ich dachte, der sei schon geschehen!«
»Ja, aber der Mörder hat sich *geirrt*! Jeden Moment kann jetzt der eigentliche Mord passieren, wir haben *keine* Zeit mehr, wir müssen es verhindern! Wir müssen sofort handeln!«
»Sie sagen das ja sehr schön«, meinte Mr. Rafiel. »Wen meinen Sie denn mit ›*wir*‹? Was kann denn *ich* in dieser Sache tun? Nicht einmal *gehen* kann ich allein! Und da wollen Sie mit mir einen Mord verhindern? Sie sind eine alte Frau, und ich bin ein altes Wrack!«
»Aber Sie haben Jackson«, sagte Miss Marple. »Jackson, der tun wird, was Sie ihm befehlen – oder nicht?«
»Ja, das wird er«, sagte Mr. Rafiel. »Besonders wenn ich ihm sage, daß es sein Schaden nicht sein wird. Also *das* wollen Sie?«
»Jawohl. Befehlen Sie ihm, mit mir zu kommen und zu tun, was ich ihm sage!«
Sekundenlang blickte Mr. Rafiel sie an. Dann sagte er: »Gemacht. Scheint zwar das größte Risiko meines Lebens zu werden – aber es wäre nicht das erstenmal.« Er rief: »Jackson!« Gleichzeitig drückte er auf den Klingelknopf neben seinem Bett.
Kaum dreißig Sekunden später erschien Jackson in der Tür zum Nebenraum. »Ja, Sir? Ist Ihnen nicht gut?« Dann bemerkte er Miss Marple und starrte sie an.
»Also, Jackson, hören Sie genau zu: Sie gehen jetzt mit dieser Dame, mit Miss Marple! Und zwar, wohin sie will! Und Sie werden genau das tun, was sie Ihnen sagt, Sie werden jeden Befehl von ihr ausführen! Verstanden?«
»Ich –«
»*Ob Sie verstanden haben*!«
»Jawohl, Sir.«

»Gut – dann soll es Ihr Schaden nicht sein. Ich werde dafür sorgen, daß es die Mühe lohnt.«
»Besten Dank, Sir!«
»Kommen Sie, Mr. Jackson«, sagte Miss Marple. Über die Schulter rief sie Mr. Rafiel zu: »Auf dem Weg verständigen wir Mrs. Walters, sie soll Ihnen aufstehen helfen und Sie mitbringen.«
»Wohin mitbringen?«
»Zum Bungalow der Kendals«, sagte Miss Marple. »Ich glaube, wir werden Molly dort treffen.«

Starr vor sich hin blickend und gelegentlich aufschluchzend, kam Molly den Weg vom Meer herauf. Sie nahm die Stufen zur Loggia, verharrte einen Augenblick, stieß dann die Balkontür auf und trat ins Schlafzimmer. Das Licht brannte, aber das Zimmer war leer. Molly ging zum Bett und setzte sich. Während der nächsten Minuten saß sie nur da, abwechselnd die Stirn runzelnd und wieder glattstreichend. Dann, nach einem verstohlenen Rundblick, griff sie unter die Matratze, zog das Buch hervor, beugte sich darüber und begann suchend darin zu blättern.
Als von draußen laufende Schritte erklangen, versteckte sie es mit einer raschen, schuldbewußten Bewegung.
Tim Kendal kam ganz außer Atem herein und stieß bei ihrem Anblick einen Seufzer der Erleichterung aus.
»Wo bist du gewesen, Molly? Ich hab' dich überall gesucht!«
»Ich bin zum Fluß gegangen.«
»Du bist –« er unterbrach sich.
»Ja, zum Fluß. aber ich hab' dort nicht warten können – ich konnte einfach nicht – es liegt jemand dort, im Wasser – eine Tote –«
»Du meinst – Weißt du, daß ich sie zuerst für *dich* gehalten habe? Erst vorhin hab' ich erfahren, daß es Lucky ist.«
»Ich habe sie nicht umgebracht! Wirklich, Tim, ich habe sie nicht umgebracht! Ich bin sicher, daß ich es nicht getan habe! Sonst müßte ich mich doch erinnern, nicht wahr?«

Langsam sank Tim am Fußende des Bettes zusammen.
»Du hast sie nicht – Bist du auch sicher? Nein, nein, natürlich hast du es nicht getan!« Er schrie es fast heraus. »Fang erst gar nicht an, das zu glauben, Molly! Lucky ist ins Wasser gegangen, weil Hillingdon mit ihr fertig war. Sie ist einfach zum Fluß und hat sich hineingestürzt!«
»Das würde Lucky niemals tun! Aber *ich* hab' sie *nicht* umgebracht, das schwöre ich dir!«
»Aber Liebling, selbstverständlich hast du's nicht getan!« Er legte die Arme um sie, aber sie entzog sich seinem Griff.
»Ich will nicht mehr hierbleiben! Hier, wo alles eitel Sonne hätte sein sollen! Und es schien ja auch so zu werden – aber jetzt ist nichts als Schatten – ein großer, dunkler Schatten ... und ich bin darin – und *kann nicht hinaus*!« Ihre Stimme schwoll zum Schrei.
»Schsch, Molly! Um Himmels willen, sei doch still!« Er ging ins Badezimmer und kam mit einem Glas zurück.
»Da – trink das! Es wird dich beruhigen.«
»Ich kann nicht. Meine Zähne klappern so.«
»Aber ja, du kannst schon! Hier, setz dich zu mir.« Er legte den freien Arm um sie und näherte das Glas ihren Lippen.
»Na siehst du! Und jetzt trink das hinunter!«
Eine Stimme erklang vom Fenster her.
»Jackson«, sagte Miss Marple scharf, »nehmen Sie ihm das Glas weg und halten Sie es fest! Vorsicht, er ist stark und sieht keinen Ausweg mehr!«
Jackson, ans Gehorchen gewöhnt und geldgierig, dachte an die von seinem Dienstherrn versprochene Belohnung. Da er außerdem sehr muskulös und erstklassig durchtrainiert war, fragte er nicht lange, sondern tat, was Miss Marple ihn geheißen hatte.
Blitzschnell war er bei Tim. Seine Hand umschloß das Glas an Mollys Lippen, mit dem anderen Arm hielt er Tim fest. Ein geübter Griff – und das Glas war in seinem Besitz. Tim wehrte sich verzweifelt, aber Jackson hielt fest.
»Was zum Teufel – so lassen Sie mich *los*! Lassen Sie mich

doch *los*! Sind Sie wahnsinnig geworden? Was haben Sie vor?«

Er strampelte heftig.

»Halten Sie ihn fest, Jackson!« warnte Miss Marple.

»Was ist da los? Was geht hier vor?«

Von Esther Walters gestützt, war Mr. Rafiel in der Balkontür erschienen.

»Was los ist?« schrie Tim. »Ihr Bursche da ist wahnsinnig geworden! *Das* ist los! Sagen Sie ihm, er soll mich loslassen!«

»*Nein*«, sagte Miss Marple.

Mr. Rafiel wandte sich zu ihr. »Also reden Sie schon, Sie Nemesis, Sie!« sagte er. »Wir müssen doch wissen, wie sich das alles zusammenreimt!«

»Ich muß sehr dumm gewesen sein«, sagte Miss Marple, »aber das ist jetzt vorbei! Lassen Sie den Inhalt des Glases, das er seiner Frau zu trinken geben wollte, analysieren, und ich wette mein Seelenheil, daß man eine tödliche Schlafmitteldosis darin findet! Es ist die gleiche Methode wie in der Geschichte von Major Palgrave! Eine depressive Frau macht einen Selbstmordversuch, der Mann rettet sie rechtzeitig, aber beim zweitenmal gelingt es ihr. Ja, es ist ganz die gleiche Methode! Und bei dieser Geschichte nahm Major Palgrave das Foto heraus, blickte auf und sah –«

»Hinter Ihrer rechten Schulter –« setzte Mr. Rafiel fort.

»*Nein*«, sagte Miss Marple. »*Er sah nichts hinter meiner rechten Schulter.*«

»Aber – Sie haben doch selbst erzählt . . .«

»Das war falsch. Das *war* ja meine Dummheit! Major Palgrave *schien* nur über meine rechte Schulter zu schauen – aber er konnte dort nichts *sehen*, denn es war sein linkes Auge – und das war *aus Glas*!«

»Ach ja – er hatte ein Glasauge«, sagte Mr. Rafiel, »das hatte ich ganz vergessen! Und Sie meinen, daß er gar nichts gesehen hat?«

»Selbstverständlich *hat* er etwas gesehen«, sagte Miss

Marple. »Aber nur mit dem rechten Auge. Also muß, was er gesehen hat, *links* von mir gewesen sein!«
»Und war links von Ihnen jemand?«
»Jawohl«, sagte Miss Marple. »Dort saß Tim Kendal mit seiner Frau. Sie saßen an einem Tisch neben einem Hibiskusgebüsch über ihrer Buchhaltung. Und als der Major aufblickte, starrte sein Glasauge über meine Schulter, aber was er mit dem rechten Auge sah, war ein Mann neben einem Hibiskusstrauch, dessen Gesicht dem auf dem Foto glich, auf dem *auch* ein Hibiskus zu sehen war. Und Tim Kendal hat die Erzählung des Majors mit angehört und bemerkt, daß der Major ihn in diesem Moment erkannt hatte. Also mußte er ihn beseitigen. Später mußte auch Victoria dran glauben, weil sie ihn das Tablettenfläschchen in das Zimmer des Majors hatte stellen sehen. Zunächst hat sie sich wohl nichts dabei gedacht, denn es war ganz natürlich, daß Tim Kendal zu den Gästebungalows Zutritt hatte. Vielleicht hatte er nur etwas zurückgebracht, was auf einem der Tische vergessen worden war. Aber dann dachte sie darüber nach, stellte Fragen, und so mußte er auch sie loswerden. Aber der eigentliche Mord, der geplante, war dieser hier! Er ist ein Frauenmörder!«
»Was für ein verdammter Blödsinn ist denn –« schrie Tim Kendal.
Aber da schrie plötzlich jemand anderer dazwischen, wild und wütend. Esther Walters riß sich von Mr. Rafiel los, warf ihn dabei fast um und stürzte durchs Zimmer auf Jackson zu, um ihn von Tim wegzureißen.
»Lassen Sie ihn los – lassen Sie los! Es ist nicht wahr, kein Wort davon ist wahr! Tim – *Tim* Liebling, sag doch, daß es nicht wahr ist! Du könntest niemanden töten, ich weiß es, du könntest es nicht! *Nie* würdest du das tun! Es ist nur diese entsetzliche Frau, die du geheiratet hast! Sie lügt und lügt, und alles ist nicht wahr! *Nichts* davon ist wahr! *Ich* glaube dir! Ich liebe dich und vertraue dir! Ich werde nie ein Wort von alldem glauben, ich werde –«
Da verlor Tim Kendal seine Selbstbeherrschung.

»Verdammt noch mal, du blödes Weibsstück, kannst du nicht das Maul halten? Willst du mich an den Galgen bringen? So halt doch endlich das Maul, sag ich dir, halt doch dein widerliches Maul!«
»Armes, dummes Ding«, sagte Mr. Rafiel leise. »Also *das* ist's gewesen!«

24

»Also *das* ist es gewesen«, sagte Mr. Rafiel.
Er und Miss Marple saßen vertraulich beisammen.
»Sie hat ein Verhältnis mit Tim Kendal gehabt, nicht wahr?«
»Ein Verhältnis wohl kaum«, meinte Miss Marple. »Es war wohl eher eine romantische Schwärmerei mit Heiratsgedanken.«
»Also hat sie auf den Tod seiner Frau spekuliert?«
»Ich glaube nicht, daß die arme Esther von Mollys bevorstehendem Tod gewußt hat«, sagte Miss Marple. »Sie wird einfach geglaubt haben, was ihr Tim Kendal erzählt hat, nämlich, daß Mollys Verflossener ihr hierher gefolgt sei, sie ihn noch immer liebe und Tim, sich selbst scheiden lassen werde. Ich glaube, ihr kann man keinen Vorwurf daraus machen. Sie war eben in ihn verliebt.«
»Nun, zu verstehen ist es schon – er sieht ja recht gut aus. Aber warum er ausgerechnet auf sie aus war – wissen Sie das auch?«
»Das wissen Sie, nicht wahr?« sagte Miss Marple.
»Zumindest hab' ich eine Ahnung – aber wie kommen Sie darauf? Ich weiß nicht einmal, wieso Kendal es gewußt hat.«
»Ich glaube, mit ein wenig Phantasie könnte ich das alles erklären. Einfacher wäre es aber, Sie würden mir's gleich sagen.«
»Ich werde mich hüten«, meinte Mr. Rafiel. »Sagen nur

Sie es, Sie sind ja so gescheit!«
»Also gut. Es wäre möglich«, kombinierte Miss Marple, »daß, wie ich Ihnen schon angedeutet habe, Jackson von Zeit zu Zeit Ihre Geschäftskorrespondenz durchsucht hat.«
»Das ist gut möglich«, gab Mr. Rafiel zu. »Aber da ist nichts dabei, was ihm Vorteile bringen könnte, dafür hab' ich schon gesorgt!«
»Aber er kann Ihr Testament gelesen haben«, wandte Miss Marple ein.
»Ach, das! Ja, ja, eine Kopie meines Testaments war dabei!«
»Außerdem«, sagte Miss Marple, »haben Sie mir erzählt –, und zwar sehr laut und deutlich, daß Sie in Ihrem Testament Esther Walters nichts vermacht hätten. Sie hätten ihr das klargemacht, ebenso Jackson. Bei Jackson stimmt es, stelle ich mir vor. Ihm haben Sie wirklich nichts vermacht. Aber Esther Walters schon, nur wollten Sie das nicht publik werden lassen. Habe ich recht?«
»Ja, das stimmt haargenau, aber ich weiß noch immer nicht, woher Sie das wissen!«
»Nun, Sie haben diesen Punkt gar so sehr betont«, sagte Miss Marple. »Und Lügen gegenüber bin ich aus Erfahrung hellhörig.«
»Ich geb's auf«, sagte Mr. Rafiel. »Also schön, ich habe Esther 50000 Pfund vermacht. Es sollte nach meinem Tod eine Überraschung für sie sein. Tim Kendal muß davon erfahren haben und wollte daraufhin Molly aus dem Weg räumen, um mit Esther Walters diese 50000 Pfund erheiraten zu können. Wahrscheinlich hätte er zu gegebener Zeit auch Esther beseitigt. Ich frage mich nur, woher er es gewußt hat!«
»Jackson wird es ihm erzählt haben«, sagte Miss Marple. »Die beiden taten ja sehr dick miteinander. Tim Kendal war immer sehr nett zu Jackson, dürfte aber damit keine bestimmte Absicht verbunden haben. Aber unter all dem Klatsch, den Jackson ihm zugetragen hat, muß er auch die

50000 Pfund erwähnt haben. Vielleicht hat er sogar eigene Absichten in bezug auf Esther geäußert. Ja, so könnte es gewesen sein.«

»Alles, was Sie sich vorstellen, hat immer Hand und Fuß«, sagte Mr. Rafiel anerkennend.

»Und trotzdem war ich wie vernagelt«, bekannte Miss Marple, »rein wie vernagelt! Dabei paßte doch alles so gut zueinander, wissen Sie. Tim Kendal ist ein ganz gerissener, bösartiger Bursche und sehr geschickt im Lancieren von Gerüchten! Die Hälfte dessen, was ich hier gehört habe, dürfte von ihm stammen. Besonders diese Geschichte von dem unerwünschten jungen Mann, den Molly seinerzeit heiraten wollte! In Wahrheit wird das Tim Kendal selbst gewesen sein, wenn auch unter anderem Namen. Vielleicht hatten ihre Leute etwas über seine Vergangenheit erfahren. Also tat er sehr entrüstet und verbat es sich, von Molly der Familie ›vorgeführt‹ zu werden. Hernach dachten sich die beiden einen hübschen Plan aus, den sie recht lustig fanden: *Sie* spielte eine Zeitlang die unglücklich Verliebte, und *er* tauchte eines Tages als Mr. Kendal auf. Man empfing ihn natürlich mit offenen Armen als den Mann, der den Vorgänger aus Mollys Gedanken verdrängen würde. Die beiden müssen nicht schlecht gelacht haben! Es kam zur Heirat, und er kaufte mit ihrem Geld dieses Hotel. Ich kann mir vorstellen, daß er mit ihrem Geld recht bald zu Ende war – aber da tauchte ja schon mit Esther Walters die nächste Geldquelle auf!«

»Warum hat er eigentlich nicht *mich* umgebracht?«

Miss Marple hustete. »Er wollte erst einmal bei Esther sichergehen. Und außerdem –« verlegen verstummte sie.

»Und außerdem wußte er ja, daß es mit mir bald aus sein wird«, vervollständigte Mr. Rafiel. »Und daß bei meinem Reichtum ein natürlicher Tod sich besser ausnimmt. Todesfälle von Millionären werden genauer überprüft als der Tod gewöhnlicher Sterblicher.«

»Ja, da haben Sie recht«, stimmte Miss Marple zu. »Und was hat er nicht alles erzählt! Lügen über Lügen! Wie er zum Beispiel dieses Buch über Geisteskrankheiten untergeschoben und ihr Präparate eingegeben hat, die Träume und Halluzinationen hervorrufen! Übrigens war da Ihr Jackson recht findig – er muß gewisse Symptome als die Folgeerscheinung von Drogen erkannt haben. Deshalb kam er damals in den Bungalow der Kendals, um im Badezimmer Umschau zu halten. Er hat tatsächlich Mollys Gesichtscreme untersucht! Vielleicht haben ihn diese alten Hexengeschichten mit den Belladonnaeinreibungen darauf gebracht, daß Belladonna in einer Gesichtscreme die gleichen Folgen haben könnte. Daher vielleicht Mollys Bewußtseinslücken und Flugträume. Kein Wunder, daß sie es mit der Angst bekam, sie hatte ja alle Anzeichen einer geistigen Erkrankung! Jackson war auf der richtigen Spur. Vielleicht hat ihn auch Major Palgrave mit seinen Erzählungen von indischen Giften auf diese Idee gebracht.«

»Immer wieder dieser Palgrave«, sagte Mr. Rafiel.

»Ja, er hat *seinen* Tod verschuldet«, sagte Miss Marple, »dann den von Victoria und schließlich beinahe den von Molly auch. Aber den Mörder hat er tatsächlich erkannt.«

»Wieso ist Ihnen plötzlich sein Glasauge eingefallen?« fragte Mr. Rafiel neugierig.

»Darauf hat mich erst Señora de Caspearo gebracht. Sie hatte irgendwelchen Unsinn dahergeredet, der Major sei häßlich gewesen und habe den bösen Blick gehabt. Darauf hatte ich ihn verteidigt, es sei nur sein Glasauge gewesen und er habe nichts dafür gekonnt, worauf *sie* wieder sagte, seine Augen hätten nach verschiedenen Richtungen geschielt – was natürlich stimmte. Und sie hatte darauf bestanden, daß das Unglück bringe. Seither wußte ich die ganze Zeit, daß ich etwas Wichtiges gehört hatte, konnte mich aber nicht entsinnen, wann und wo. Erst gestern nacht, gleich nachdem wir Lucky gefunden hatten, fiel es mir wieder ein – und da war mir sofort klar, daß wir keine Zeit mehr zu verlieren hatten.«

»Wie kam es, daß Tim Kendal die falsche Frau umgebracht hat?«
»Das war reiner Zufall. Ich glaube, er hatte es sich so zurechtgelegt: Nachdem er alle, Molly eingeschlossen, von deren geistiger Labilität überzeugt hatte, sagte er ihr nach Verabreichung einer weiteren Dosis seines Giftes, sie würden nun gemeinsam diese rätselhaften Morde aufklären. Er brauchte aber ihre aktive Mithilfe, deshalb solle sie ihn, wenn alles schliefe, an einem vereinbarten Platz am Fluß treffen. Er muß angedeutet haben, daß er den Mörder zu kennen glaube und daß sie ihm eine Falle stellen würde. Molly zog gehorsam los, aber benommen, wie sie war, brauchte sie länger, als Tim gerechnet hatte. So traf er *vor* ihr ein und hielt Lucky, die sich dort aus irgendeinem Grund aufhielt, für Molly – das blonde Haar und der hellgrüne Schal müssen ihn getäuscht haben. Er trat hinter sie, preßte ihr die Hand auf den Mund und drückte sie unters Wasser.«
»Ein reizender Bursche! Aber wäre es nicht leichter gewesen, Molly einfach eine Überdosis Schlafmittel zu geben?«
»Einfacher schon. Aber das hätte Verdacht erwecken können. Man hatte ihr doch alle Schlaf- und Beruhigungsmittel entzogen! Von wem hätte der Nachschub kommen sollen, wenn nicht von ihrem Mann? Da wirkte es doch weit natürlicher, sie ging, während ihr nichtsahnender Gatte schlief, in einem Anfall von Verzweiflung selbst ins Wasser! So war das Ganze eine romantische Tragödie, und niemand würde Verdacht schöpfen. Außerdem«, fügte Miss Marple hinzu, »ist für einen Mörder das Einfache *immer* schwierig. Warum einfach, wenn es auch kompliziert geht?«
»Sie scheinen sich in der Mördermentalität ja *sehr* daheim zu fühlen! So hätte also Tim nicht gewußt, daß er eine Falsche erwischt hatte?«
Miss Marple schüttelte den Kopf.
»Er hat sich erst gar nicht überzeugt und ist Hals über

Kopf davongerannt. Erst nach einer Stunde schlug er Alarm, organisierte die Suche und spielte die Rolle des erschütterten Ehemanns.«

»Aber was zum Teufel hatte Lucky mitten in der Nacht am Wasser zu suchen?«

Verlegen hüstelnd meinte Miss Marple: »Es könnte möglich sein, glaube ich, daß sie – eine Verabredung hatte.«

»Mit Edward Hillingdon?«

»O *nein*«, sagte Miss Marple. »*Das* war vorbei. Aber möglicherweise – hat sie auf Jackson gewartet.«

»Auf *Jackson*?«

»Ich habe ein paarmal bemerkt – mit welchen Augen sie ihn angesehen hat«, murmelte abgewandten Blickes Miss Marple. Mr. Rafiel stieß einen Pfiff aus.

»Schau, schau, der kleine Casanova! Na, zuzutrauen wär's ihm! Aber Tim muß einen schönen Schock gekriegt haben, als er draufkam, daß er die Falsche erwischt hatte!«

»Unbedingt. Er muß ganz verzweifelt gewesen sein. Da ging nun Molly weiterhin herum, aber die Geschichte über ihren Geisteszustand, die er so sorgsam in Umlauf gebracht hatte, würde keiner ärztlichen Untersuchung standhalten! Und wenn Molly gar erzählte, daß er sie zum Fluß bestellt hatte – wie würde er dann dastehen? So gab es nur noch einen Weg für ihn – Molly so rasch wie möglich zu erledigen. Dann bestand noch immer große Aussicht, daß man glauben würde, *Molly* habe in einem Anfall von Geistesverwirrung Lucky umgebracht und anschließend Selbstmord verübt.«

»Und da entschlossen Sie sich, die Nemesis zu spielen, wie?« sagte Mr. Rafiel.

Plötzlich lehnte er sich zurück und lachte schallend. »Nein«, rief er, »das war vielleicht ein Spaß! Wenn Sie wüßten, wie Sie in der Nacht ausgesehen haben! Den komischen Schal um den Kopf – wie Sie plötzlich dastanden und sagten, Sie seien die *Nemesis!* Das werde ich nie vergessen!«

Es war soweit. Miss Marple stand auf dem Flugplatz und erwartete ihre Maschine. Eine Menge Leute waren zum Abschied mitgekommen. Die Hillingdons waren freilich schon weg, und auch Gregory Dyson war auf eine der anderen Inseln geflogen, wo er sich, wie man hörte, einer argentinischen Witwe widmete, denn Señora de Caspearo war schon in Südamerika.

Auch Molly war mitgekommen, um Miss Marple das Geleit zu geben. Sie wirkte zwar noch blaß und dünn, hatte aber den Schock tapfer überstanden und führte nun das Hotel zusammen mit einem ihr von Mr. Rafiel empfohlenen Herrn, den er eigens aus England hatte kommen lassen.

»Arbeiten kann Ihnen nur guttun«, hatte Mr. Rafiel zu ihr gesagt. »Das hält Sie vom Nachdenken ab. Sie haben hier eine Goldgrube!«

»Glauben Sie nicht, daß all diese Morde –«

»Nein. Die Leute mögen Morde, sobald sie geklärt sind«, hatte Mr. Rafiel ihr versichert. »Machen Sie nur weiter, Mädchen, und verlieren Sie nicht das Vertrauen zu den Männern, bloß weil Sie einen Lumpen erwischt haben!«

»Sie reden schon wie Miss Marple«, hatte Molly gesagt. »Die erzählt mir auch immer, daß eines Tages schon der Richtige kommen wird.«

Mr. Rafiel mußte grinsen, als er daran dachte. Nun waren sie alle da: Molly, die beiden Prescotts, natürlich er selbst und Esther – eine etwas gealterte, traurig blickende Esther, zu der Mr. Rafiel jetzt des öfteren unerwartet freundlich war –, und auch Jackson war zur Hand, angeblich, um sich um Miss Marples Gepäck zu kümmern. Seit neuestem war er ständig gut aufgelegt und erzählte jedem, der es hören wollte, daß er unerwartet zu Geld gekommen sei.

Ein fernes Sausen am Himmel kündigte die Maschine an. Es ging hier etwas formlos zu, es gab kein ›Bitte, zu Ausgang acht‹ oder ›zu Ausgang neun‹. Man trat einfach aus dem blumenumstandenen Pavillon auf die Betonbahn hinaus.

»Also – leben Sie wohl, liebe Miss Marple, und alles Gute!« Molly küßte sie.
»Leben Sie wohl! Und sehen Sie zu, daß Sie uns besuchen kommen!« Miss Prescott schüttelte ihr herzlich die Hand.
»Schön, daß wir uns kennengelernt haben«, sagte der Kanonikus. »Ich schließe mich der Einladung meiner Schwester aufs wärmste an!«
»Alles Gute, Madam«, sagte Jackson. »Und wenn Sie mal eine Gratismassage brauchen, schreiben Sie nur, damit wir was vereinbaren können!«
Nur Esther Walters wandte sich ab. Miss Marple wollte sie nicht zwingen. Als letzter kam Mr. Rafiel. Er nahm ihre Hand. »*Ave Caesar Imperator, morituri te salutant*«, sagte er
»Ich fürchte, ich kann nicht mehr so viel Latein«, sagte Miss Marple.
»Aber das verstehen Sie noch?«
»Ja.« Mehr sagte sie nicht. Sie wußte sehr wohl, wie er es gemeint hatte. »Trotzdem: es war schön, daß wir uns kennengelernt haben!«
Sprach's, schritt über die Rollbahn und verschwand im Flugzeug.

Agatha Christie

Agatha Mary Clarissa Miller, geboren am 15. September 1890 in Torquay, Devonshire, sollte nach dem Wunsch der Mutter Sängerin werden. 1914 heiratete sie Colonel Archibald Christie und arbeitete während des Krieges als Schwester in einem Lazarett. Hier entstand ihr erster Kriminalroman *Das fehlende Glied in der Kette.* Eine beträchtliche Menge Arsen war aus dem Giftschrank verschwunden – und die junge Agatha spann den Fall aus. Sie fand das unverwechselbare Christie-Krimi-Ambiente.
Gleich in ihrem ersten Werk taucht auch der belgische Detektiv mit den berühmten »kleinen grauen Zellen« auf: Hercule Poirot, der ebenso unsterblich werden sollte wie sein weibliches Pendant, die reizend altjüngferliche, jedoch scharf kombinierende Miss Marple (*Mord im Pfarrhaus*).
Im Lauf ihres Lebens schrieb die »Queen of Crime« 67 Kriminalromane, unzählige Kurzgeschichten, 7 Theaterstücke (darunter *Die Mausefalle*) und ihre Autobiographie.
1956 wurde Agatha Christie mit dem »Order of the British Empire« ausgezeichnet und damit zur »Dame Agatha«. Sie starb am 12. Januar 1976 in Wallingford bei Oxford.

Von Agatha Christie sind erschienen:

Das Agatha Christie Lesebuch
Alibi
Alter schützt vor Scharfsinn nicht
Auch Pünktlichkeit kann töten
Auf doppelter Spur
Der ballspielende Hund
Bertrams Hotel
Der blaue Expreß
Blausäure
Das Böse unter der Sonne
oder Rätsel um Arlena
Die Büchse der Pandora
Der Dienstagabend-Klub
Ein diplomatischer Zwischenfall
Dreizehn bei Tisch
Elefanten vergessen nicht